「嫌だよ、ラゼちゃん。なんで……」
納得なんて出来なかった。
あまりにも唐突にいなくなって、一方的すぎる。
お別れの挨拶すらさせてくれないのか……。
じわじわと涙が滲む。――親友だと思っていたのは、
自分だけだったのだろうか。
フォリアは力なくその場に座り込んだ。
「――フォリアさん……？
……っ、どうしたの!?」

君がいるから、私は戦える!

軍人少女、皇立魔法学園に潜入することになりました。
5
～乙女ゲーム？そんなの聞いてませんけど？～
[著]冬瀬
[絵]タムラヨウ
一迅社ノベルス

CONTENTS

魔物討伐部第五三七特攻各位

皇星暦 783 年 9月24日

皇国軍参謀本部司令部

出陣命令

１.皇星暦 783 年 9月17日にセントリオール領にて、マジェンダ帝国で次期皇国を担う若き星々の生命が脅かされる事態が勃発した。

２.シアン皇国軍は、長きにわたりマジェンダ帝国との対話を試み無用な戦闘を避けるべく尽力してきたが、此度の攻撃をもって対話での和解は困難だと結論する。
皇星暦 783 年 9月20日に布告した開戦の詔書をもって、星の導きのもと皇国はいかなる不条理にも屈せず戦い通すことを表明する。
なお、開戦におよび、直ちに召集を実施し、その終期は別に命ずるまでの間とする。

３.この命令に関する細部の事項は、部隊長に指令させる。

以上

1 開戦

ラゼ・シェス・オーファンの強さは、速さだ。

彼女の肉体はただの少女。なんなら、同年代と比べると小柄な小娘だ。腹筋が割れるくらいには身体《からだ》を鍛えてはいるし身体強化魔法も得意な方だが、地力はたかが知れていた。

たとえ、魔法が何でも不可能を捻《ね》じ曲げてくれる乙女ゲームの世界だろうと、あくまで彼女は人間。魔石の起動とて、永遠に続けることができるものではなく、必ず無防備になる時間はある。

——それを、ラゼは逆に受け止めていた。

身体強化の魔法を身につけたって、ずっと強くはいられない。

そんなことを口に出せば、かつての上官や今の部下には甘い考えだと吐き捨てられるかもしれないが、軍人になる前からそう思って生活していた。

常に強くあれ。手段は問わない——。

それが騎士道のような共通の理念や誇り、志を持たない軍団をまとめる唯一の指標だ。

しかし、彼女はまだ子どもで女子だった。どう考えても肉体的な差はそこにあり、弱音だろうが何だろうが自分が決して強者ではなく弱者であることを自覚していた。

弱いことは前提だ。

だから、必ず回避しなくてはならない危険が迫る、その一瞬だけは強くなければならなかった。

ラゼにとって強いとはすなわち、負けないこと。そして、死なないこと。

勝てなければ逃げる。勝てるなら、必ず勝つ。

その一瞬の判断を極めることで、ラゼは軍人少女として生き延びてきた。

今や「狼牙《ろうが》」なんて大層なふたつ名を持つ彼女だが、もちろん、失敗することだってあった。

それでも、彼女が生き延びることができたのは、引き際だけは間違えなかったからだ。

ラゼは何度だってやり直しができた。

どんな場所からだろうと、一度訪れた場所にはマーキングをしておき、危なくなったら安全地帯に戻って出直す。

成功するまで、何度も何度も飛んでは見極めるということを繰り返した。

その経験値は、確実に同じ分だけの時間を過ごす軍人のソレを凌駕《りょうが》していた。

移動魔法の使い手だけが手にすることができる経験値。それに加えて、彼女に元から備わっていた前世の記憶が、圧倒的な対応力を開花させた。

日常生活に溶け込んでしまった、いわゆる生活魔法と呼ばれる面倒な労力を減らすための移動魔法とは使い方も性能も格が違う。

「――報告します。敵、補給物資の断絶を完了しました」

そんな彼女がマジェンダ帝国との戦いが始まってから最初に与えられた仕事を完遂したのは、承諾から十五分後のことだった。

淡々と告げる彼女の表情には隙がない。

学生に紛れていた間にみせた、人当たりのよい女子の面影など全くなかった。友人からリスのようだと言われるラゼ・グラノーリはそこにはもういない。ほんの少しも上がらない口角と、静かに据わった目が、彼女が軍人としての責務を全うしていることを示していた。

いつかこんな日も来るだろうと――。

諜報部にいた内に、とっくに帝国に潜入して拠点になりそうな場所にマーキングは済ませてあった。ラゼが子どもでありながら優秀だったという点はもちろんのこと、彼女が移動魔法の使い手だというのが、一番の諜報部への配属理由である。

ここは一般的な移動手段が馬車の乙女ゲーム世界だ。移動魔法が重宝されるのは当然のこと。

――彼女はまだ、自分の母親が勤務していた基地が攻撃された理由も忘れていない。

五分で準備を整え、仲間を連れて一秒と掛からずに現地に赴き、十分にも満たない時間で鉄道を破壊し、敵の物資を焼いて戻って来た。

通信機の出番もなく、任務終了を自分の口から報告するなんてことができるのは彼女くらいだろう。

「ご苦労。流石《さすが》、仕事が早いな」

参謀本部に戻って報告をする相手は、死神宰相ウェルライン・ラグ・ザースだ。

作戦室は書類だらけで、あちこちに地図が広げられている。

「……本当に、この短時間で……？」

「噂はかねがね聞いておりましたが、実際に目にするとにわかには信じがたい仕事ぶりですな」

「本当に羨《うらや》ましい限りの才能ですね。是非、空軍でも活躍していただきたいですわ」

ウェルラインを中心に集まっていたお偉いさま方は、ラゼの報告に驚きを隠さなかった。

基本、ラゼはウェルラインの懐中として任務を受けるため、こうして他の上官たちの前に姿を見せることは滅多になかった。言い換えると、ここまで大きな戦になるのは、ラゼが軍人になってからは初めてのことだった。

彼女がこの戦争に投入されたことで、これまでの戦争とは一線を画す速さでことは進んでいる。

無論、ラゼひとりに作戦を集中させるようなことはしない。いくつものプランをここに集まった人間が立案し、その中で効率が良い案が採用される。今のところ、ラゼがまだ使える駒だから、こうして任務を与えられているというだけのことである。

（……陸軍総長に、海軍と空軍の総長もお揃いか……。恐ろしい場だなぁ。ほんとうに……）

シアン皇国軍は三つの省部に分かれている。その陸海空のトップが揃って自分に視線を向けてくるので、寿命が縮む思いだった。

陸軍と海軍を股に掛ける大将のゼーゼマンで少しは慣れてきたと思っていたのだが、やはり、重鎮の前では緊張せずにはいられない。

もうお気づきかもしれないが、この国の軍政はラゼの前世のそれとは全くの別物と言っていい。

総長に据えられる人材も、軍に入ってまだ十年ほどしか経っていなかったり、女性だったり。

年端もいかないラゼが軍人となり、スピード出世で中佐にまでなっているのが霞むくらいの経歴をお持ちの人はごろごろいる。そして、ゼーゼマンが海と陸の両方に籍を置く大将であるということも、このシアン皇国では何も不思議ではないことで。階級についても、実はこの世界の「佐官」とラゼの前世でいうソレとは重さが異なる。

そもそも魔法なんていう物理を無視した力が存在する世界なので、自分が子どもでも軍人になれたことについて、ツッコミを入れるのも馬鹿らしいというのがラゼのスタンスだ。カーナと出会えなければ、まさかここが乙女ゲームの舞台となる世界だなんて知る由《よし》もなかったのだから、前世の記憶や感覚なんてあてにしてはならないのである。

「中佐。現場の詳細を」

「ハッ。西部と中心部をつなぐヨルガイ橋を破壊後、その先にある倉庫を焼いて参りました。倉庫を守っていた兵は三十ほど。物資は穀物などの食糧と布製品が主に――」

ウェルラインは地図を見たまま、ラゼに問う。

いつも艶《あで》やかな笑みで任務を言い付ける彼は、今回は鳴りを潜め黙々と彼女の報告を聞いていた。きっと頭の中では、想像も付かないような情報量を処理しているはずだ。

シアン皇国軍の頭脳である彼は、宰相の座に就いて最も長く国防を任されてきた実績がある。彼は最年少で宰相になった人だ。前皇上の代から国を守ってきている。死神宰相のふたつ名は伊達《だて》ではない。

(……やっぱり、似てるな)

ふと。その真剣な眼差しが彼に重なるから、ラゼはグッと拳を握りしめる。

――まさか、あの青髪の貴公子の方が父親と重なるとは……。

今まで、この御仁が少年に重なることはあっても、その反対は意識したことがなかった。

もう二度とラゼ・グラノーリとして彼と会うことはないと認識したせいか、あの学園での出来事が回顧される側になってしまったらしい。

「…………次を任せて構わないか」

「ハッ。問題ございません」

目下の地図からウェルラインの視線がこちらを向き、ラゼは応える。

果たして、この戦ではどこまでやれるだろう。

無論、万全は期すが死ぬ時は死ぬ。父がバルーダから帰って来なかったように。母と弟が冷たくなって帰って来たように。

（…………本当に、何も言えなかったな……）

セントリオール皇立魔法学園で確かに育《はぐく》んだ友情は、置いてきてしまった。

帝国との戦争が始まって、自動的に軍人に戻ることが決まって。

適当に誤魔化して、円満に退学することは叶わなかった。

（切り替えろ。ラゼ・グラノーリは死んだんだ。私にできるのは、せめて軍人として仕事を全うすることだけだ）

後悔がないと言えば嘘になる。

ずっと騙していた。自分の意志で騙すことを選んで彼女たちの側《そば》にいた。

本来であれば、護衛対象とはもっと距離を置くべきだったのに、離れられなかった。

それを謝ることもできず、逃げるようにして全てを投げ出して戦場に来てしまった。

彼女たちはすごく優しいから、きっとこんな自分のためにも心配してくれるのだろう。

簡単にその様子が想像できてしまうのだから、申し訳なさで胸が痛む。

……ただ、それはあくまで「ラゼ・グラノーリ」についてだ。

ラゼ・シェス・オーファンには、仲間以外に何もない。家族も、恋人も、友人も。

今更、どうしようもない。

これが自分の選んだ道だ。軍人になると決めたときから、自分は「普通の道」を踏みはずしたのだとは分かっていた。つい先日まで見ていた夢は、あくまで仮初《かりそめ》でしかない。普通の人間だったら、人を殺すという選択肢が含まれる仕事なんて選ばないのだ。

分かっている。常識人ぶって乙女ゲームとやらを嗤《わら》えるほど、自分だって真っ当な人間ではないということくらい。

それでも彼女たちを守ることになるのなら、喜んで剣を振るおう。

たとえ、あの綺麗な緑色の目をした少女を失望させようとも——。

◆

「ほ、報告しますッ。フリッツ鉄道断絶に続き、ヨルガイ橋が落とされたと！」

――ダンッと。

伝令役の報告を受けたマジェンダ帝国皇帝グレセリド・アグト・ヒューレン・オブゼヒトは、机に拳を叩きつけた。

「本当に使えないゴミばかりだな」

こめかみに血管を浮かせて彼は告げる。

獅子のたてがみのような深緑の髪は逆立ち、今にも人を睨み殺せそうな眼光を飛ばす。

「相手はただの壁だ。無能は無能なりに、砕けるまで叩くこともできないのか？　水でさえ石を穿《うが》つというのに、こんな馬鹿な話があるか」

何年も前から、この男は隣の壁を壊せと命じてきた。

マジェンダ帝国は周辺諸国を取り込んで栄華を誇ってきたのだ。

物資が足りなければ、取ってくればいい。敵を倒すだけの知能が足りないのであれば、これだけ広げた領地の中から、有能な奴を連れてくればいい。

そんな単純なことができない配下に苛立《いらだ》ちが収まらない。

一体何のために国土を広げてきたと思っているのかと、問い詰める気にもならない。

「まあ、いい。どうせ駒が使えないことは分かりきったことだった」

怯《おび》えきった伝令役がガクガク震えているのに情けなさが勝り、グレセリドは呆れた溜息をこぼす。

「中央の鉄道に引き続き、西の橋か。この神出鬼没な攻撃には嫌というほど覚えがある」

「——首切りの亡霊デスカ！」

グレセリドの呟きを拾うのは、場違いなほど明るい男の高い声。

「相変わらずイラつかせるな。面《つら》を見せるな、ピエロ」

「それはスミマセーン。ボクのアイデンティティなので、このメイクは変えたくないんデスよ～」

忽然《こつぜん》と現れたのは、ピエロの格好をした、背が高くてやけに身体の線が細い男だ。

元の顔が分からないほど、濃いメイクで飾っている。

「そ・れ・よ・り！　首切りの亡霊デス！」

力を加えれば簡単に折れてしまいそうなほど細長い足を運び、ピエロと呼ばれるその男はグレセリドの前までやってきた。

「ゼヒとも、お会いしてみたいデス～。ボクのサーカスに出演してもらえたら、大盛り上がり間違いナシ！」

パチン、と。

男はこの国の皇帝に向けて、ウインクを飛ばす。

その様子を間近に見ていた伝令役は唖然として口を閉じることができない。とんだ命知らずだ。

グレセリドは気に入らないものは簡単に切り捨てる。それをやっても使える駒は、まだいくらでもいると思っているし、悔しいことに実際、代わりはいくらでもいる。

一体、この部屋で何人の人間が死んだことか。ここに敷かれているレッド・カーペットの赤は、つまり血の色だ。

「ンン～！　もし本当に出演してくれたら、どうしましょう！　あっ。お客サンの首を取ってもらったら、すごくいいサプライズになりそうじゃないデスカ!?」

「お前の見世物《みせもの》の話はどうでもいい」

「ええっ。ひどいデス。皇帝だって、ボクの作ったサーカスをお気に召してくださったクセに！」

「気に入ったのは能力だけだ」

グレセリドは手元に置かれた瓶を握ると、グラスにワインを注ぐ。

適当にグラスを満たすと、一気にそれを呷《あお》った。

素面《しらふ》でこの頭のイカれた道化師を相手にするほうが馬鹿らしい。

「……今、お前、首切りの亡霊にどんな演目をさせるか言ったが、亡霊の能力については分かっているんだろうな？」

「モチロン！　亡霊サンは移動魔法の使い手デス！　それを止めようとして、時間を止めるなんてステキな魔法も生まれマシタ！」

うっとりと目を泳がせ、ピエロは告げる。

「その禁術については極秘のはずだが？」

「アッレェ？　そうでしたっけ？　ボク、バカなのでムズカシイことはよくワカリマセーン」

あっけらかんとしてピエロはとぼけてみせた。

本当に気味が悪い、真意の読めない奴だと、グレセリドは毛虫でも見るような目に変わる。

「で。何をしに来た」

「え？　暇だったからアソビに来ました」

「………………」

ピエロは真顔で「何を言ってるんだ？」と言わんばかりの答えを返すが、本来、その反応を許されるのはグレセリドだろう。

「……なら、遊んでいけ。戦場モグラ叩きだ」

「モグラ叩き？　ああ、亡霊サン叩きデスね！　楽しそうデス！」

グレセリドはぱらりと地図を床に落とす。

ピエロは喜んで地面に寝転がり、少年のように与えられた地図に目を輝かせた。

「亡霊サン♪　亡霊サン♪　次はどこに出てくれますか♪」

呑気《のんき》に自作の歌を歌いながら、彼はどこから取り出したのか、指人形をはめて楽しそうに遊んでいる。

「そこのオニーサン、ペン貸してクダサイ」

「……う、えっ。あ、は、はい！」

呆気《あっけ》に取られていた伝令役は、ぎょろりと動いたピエロの目玉に捕まって我に返った。

恐る恐るペンを渡せば、ピエロは指人形をはめたままの手で被害の出た場所にバツを書く。

躊躇《ちゅうちょ》なくペンに押し付けられた指人形は、首が逆向きに折れ曲がっている。

「フツウ、長距離の移動にはマーキングが必要だと思うんデスけど、その印は見つけられないんデスかぁ～？」

「奴のマーキングはあり得ないほど小さい。通常のマーキングは円形の魔法陣をイメージするが、そいつの印は針のようなものだ。並の探知魔法では引っかからない」

「ワーオ。それはスゴイデスね」

「無論、拠点付近では魔力探知を徹底するが、奴はうちの駒と違って馬鹿じゃない。範囲外のポイントにマーキングをしやがる」

グレセリドはワイングラスを傾けるが、その顔色は全く変わっていない。

「ナルホド。それだけの実力者なら、多少ハズれた場所にトんだとしても目的地まであっという間にたどり着けるってことデスか！」

そもそも移動魔法とは何か。

その初歩的な技術は、「縮地」や「瞬歩」などと表現されるものから始まる。

視認できる範囲内に一瞬で到達する魔法をマスターすることで次の段階に進み、次第にその移動距離自体をショートカットすることを覚え、最終的に空間移動を習得できるようになる。

つまり何が言いたいかと言えば「目視した場所に飛ぶ」というのは、移動魔法の基本中の基本だ。

その移動魔法を極限まで極める首切りの亡霊は、たとえピンポイントで目的の場所に飛ぶことができなくとも、その場所が見える地点に着くことができれば、たった数分――いや、数秒の誤差で目的地に到着することができてしまう訳である。

それを予期して捕まえるなんていうのは、途方もない労力がかかるに違いなかった。

だが、何も対策をできなければ、何も知らない間に指揮官が死ぬ。

確実に死を運んでくるソレは姿も捉えられず、首切りの亡霊だとか呼ばれる始末。

状況を打破するべくして誕生したのが、「幻影体」と名付けられた技術だ。まるでそこに人がいるかのような映像を見せるというもので、ついこの前も皇立魔法学園の学園祭に行きたがった先読みの巫女が使用していたというのは余談である。

「それにしても、好き勝手にやられ放題デスね！　ここまで侵入されても気がつけなかったんデスか！」

ケラケラとピエロは嗤った。

皇帝相手に嘲笑する彼のせいで、一気に部屋の温度が下がった。

この部屋で一番不憫《ふびん》なのは、退室するタイミングを逃した伝令役に他ならないだろう。

生まれたての子鹿……とまでは言わないが、倒れそうになる自分の意識を何とか手放さないように持ち堪《こた》えている姿は哀れだ。

「何度も言わせるな。駒が使えないんだ」

「そうデスねぇ。ポンコツばっかりなんデスねぇ。皇帝もお可哀想《かわいそう》に。——ボクのお友だちの方がよっぽど優秀デス」

ピエロは口の端を吊り上げる。

「皇国の皆サンにも、早く見せびらかしてあげたいデ〜ス♪」

うつ伏せに寝転がり、肘をついた両手に顔を挟み、ぱたぱた足を泳がせた。

グレセリドは静かにその様子を見下ろす。

「まだその時じゃない。そこで黙って遊んでろ」

「ンン～。つれな～い……」

残念そうに口を尖《とが》らせるが、彼は大人しく地図に視線を戻した。

「マ。こっちのゲームも楽しそうデス。暇つぶしくらいにはちょーどイイネ」

そしてそう呟くと、くるりと地図に丸を描く。それがどこを示しているのか、遠目からでもグレセリドにはすぐわかった。

「………火薬庫か……」

「イッソのコト、亡霊サンごとぜーんぶ吹き飛ばすってのはどーデスか！」

「亡霊を招きたかったんじゃなかったのか？」

「それが皇帝。ボク、重大なコトに気がついちゃったんデース……」

これまでずっとヘラヘラしていたピエロが深刻な声に変わるので、グレセリドは怪訝《けげん》な眼差しを送る。

「………重大？」

「ハイ……」

一応聞き返してやれば、ピエロは勿体《もったい》ぶるように一拍おいてから口を開く。

「移動魔法、致命テキに地味すぎマス!!」

そして、声高に告げられるのはそんなことで。

ピエロは憂さ晴らしでもするかのように、指にはめていた人形を全て外すと適当に投げ捨てる。

「ゼンゼン華がありませーン！　お客サンを一瞬で殺すくらい、別に亡霊サンじゃなくてもできちゃいマース。首切り芸は、敵だらけのセンジョウだから輝きマスデス。ボクのショーにはヒツヨウなーし」

言い切ったピエロは、この世の終わりを迎えたような絶望感に染まった目だった。

先ほどまでキラキラさせていた目には、まったくハイライトが乗っていない。

グレセリドはその目を見て、ずっと握ったままだったワイングラスをサイドテーブルに置いた。

「好きにしろ。どうせ無能な駒しかいないんだ。自由に使え。——本来の仕事は変わらすこなせ」

「ワーオ。皇帝、オトコマエ〜！」

わざとらしく驚きを露《あら》わにすると、ピエロはぐねぐね身体を曲げながら起き上がる。

「モチロン、びっくりどっきりわくわくサーカスは成功させてみせマ〜ス！　——コウご期待アレ！」

細長い腕を大きく開いてから胸の前に当てて、彼はグレセリドに頭《こうべ》を垂れた。

幕間　彼女のいない学園

セントリオール皇立魔法学園は、シアン皇国の最終防衛地と言っても過言ではない。

国民ですら、正確な位置を知ることができないその学園都市は、天空に浮かぶ島に門を構えている。

基本的に領域内の海上を移動しているが、時には平原に根を下ろし、また異なる時には皇都の上空に素知らぬふりで浮いている――そんな島だ。

ありとあらゆる書物は図書館に集められ、国の未来を担う金の卵たちが羽を伸ばす商店街を中心に広がる町には、隠居した著名人たちが暮らしている。

有事の際には、疎開地としての役目を果たす巨大施設だ。

よって、学園内の安全は急務で確保され、金の卵たちは学園祭騒動から一週間の自宅待機の後、再びセントリオールの敷地を踏むこととなった。

中には家庭の方針でしばらく学園には戻らないという選択をする生徒もいたが、ほとんどの生徒が戻って来た一番の要因は、第一王子のルベンを筆頭にした権力者の子息が復学することを決めていたからに他ならない。

騎士団からもさらに追加で人員が増やされ、君主の城よりも守りが固められたのだから、学園に関係のない人間からしてみれば贅沢すぎる話だった。

「フォリアねぇね、行っちゃうのぉ？」

教会に帰っていたフォリア・クレシアスは、まだ幼いきょうだいたちに囲まれていた。

セントリオール襲撃事件についてはすでに新聞で報じられている昨今。

「こーら、あなたたち。お姉ちゃんを困らせてはダメよ」

「……マザー。わたし、やっぱり……」

まだ正式に戦争が始まったという情報は出ていないが、こんな状況で自分だけ学園に行くのは躊躇する。

ここには小さな子どもたちがたくさんいるし、自分は治癒魔法の使い手だ。何かあった時のためには、ここに残ったほうがいいとフォリアはマザーにも伝えていた。

しかし、マザーは首を縦には振らなかった。

「行ってきなさい。ここにいてもできることは限られます」

「でも……」

「もし、戦争が始まったとしてもこの地域が被害に遭うことはそうないでしょう。モルディール卿も学園内にいらっしゃいますから、何かあればあのお方を頼りなさいな」

不安そうなフォリアの頭を彼女は撫でる。

治癒魔法の中でもさらに希少な浄化魔法の使い手になった可能性が高いフォリアは、王子と同様にセントリオールで守られるべき存在だった。

無論、ゼールが彼女をセントリオールに戻すようにとマザーに伝令を出している。

「大丈夫よ。シアンの軍人さんたちはすごく強いんだから」

自分を安心させるために放った言葉だとは分かっていたが、それが他人の生死を問う問題だから、フォリアは「そうですね」とは言えなかった。

「……争いは嫌いです……」

だから、代わりに出てきたのはそんな答えで。

決して国のために戦う人を否定するつもりはないが、それを正当化したくもなくてフォリアは告げる。

人が死ぬのは嫌なのだ。たとえどんな理由があろうと。

全ての問題が対話で解決できればいいのにと本気で思っている。

でも、そうはいかないということを、この前思い知った——。

あの子のことを自分が一番理解できていると思っていたのに、その一瞬は、全く分かち合えなかった。

フォリアの手にギュッと力がこもる。

「…………ねぇね?」

まだ彼女の側にぴったりくっついていた少女は、心配そうにフォリアを見上げた。

その様子を見て、マザーは困ったように眉尻を下げる。

「そうね。わたしもそうよ。だから、毎日祈りを捧げているの。星に願いを。ひとりでも素敵な願いを祈る人が増えれば、それだけ世界は優しくなると思わない？」

「……はい」

まっすぐ覗き込まれたフォリアは少しの間を開けて頷いた。そして、自分の腰に抱きついている小さな妹の頭を撫でる。

「分かっているわ。あなたが言いたいことは……」

マザーに悲しい顔をさせたい訳じゃなかった。

対話だけで争いを収めたいだなんて綺麗事だということも頭では理解している。

――きっと、自分は恵まれて、守られて育ってきたのだろう。

その中で与えられてきた心を失う訳にはいかない。だから、分かってもらえなくてもいい。

でも、自分が隣にいる時は、少しでも多く穏やかな時間を共有させて欲しい。

「……マザー。わたし、いってきます」

「………ええ。たくさん色んなことを学んで、あなたはあなたにできることを頑張ればいいのよ。

……大人が決めた未来のせいで、若者の今が犠牲になるなんて虚《むな》しいわ……」

そろそろ時間だ。

マザーの言う通り、たかが学生の自分にこの教会でできることなんて知れている。

ここで全てが無事に終わるのを祈って待つよりも、ひとつでも多くの知識を蓄えて、助けられる選択肢を増やすことのほうが自分には性に合っている。

……そしてまずは、ちゃんとあの鳶色《とび》の目をした彼女と向き合おう。

考えてみれば、彼女が今住んでいる場所も、仕事も、過去も、よく知らない。

家族を亡くしていることは知っていたが、その理由についてまでは踏み込んだことがなかった。

自分と出会うまでの十五年をどう過ごして、何を思って、どんな信条を持っているのか。

彼女のことを、改めて知りたかった。

この先もずっと、しわしわのおばあちゃんになるまで一番仲良しの友人でいたいから。

「おねえちゃん、また勉強頑張ってくるね。ちゃんとマザーの言うことを守るんだよ？」

「お勉強、ここじゃダメなの……？」

「……うん。それに、大事な友だちに会いたいの」

「お友だち……？」

大きな瞳をまんまるにして、小さな妹は首を傾《かし》げる。

「そう。…………ちゃんと、仲直りしたいんだ」

「けんかしちゃったの……？」

「うーん。まあ、そうなのかなぁ……」

事件の後、あの子――ラゼは理事長に呼ばれたという。

かく言う自分は気を失ってしまったから、医務室に運ばれた。

彼を浄化した後のことは覚えておらず、気がつけばベッドの上にいて。

すぐに休校が決まったから寮に戻ってからは忙しくて、きちんと時間をとって話をすることもなく、彼女と衝突するのも嫌で気まずさを誤魔化して別れの言葉を告げた。

喧嘩《けんか》とも言えないような、一方的に自分が納得できていないだけの話だ。

また蒸し返すようではラゼにも嫌がられるかもしれないが、これからも彼女の友人として一緒にいたいから、この胸のしこりは少しでも削りたい。大切な友人が誰かを殺すところを見るのは——辛《つら》い。

できれば、二度と見たくない。

「ねぇね！　仲直りはちゃんとしないとだめなんだよ！」

「——えっ、う、うん？」

「また一緒に遊べなくなっちゃうんだから！」

「……うん。そうだね」

それまでフォリアの側を全く離れる気がなかったその子は、小さな胸を張って言い切った。

その勇敢な姿を見て、フォリアは目を細める。

本当に、彼女の言う通りだ。

「——よし。おねえちゃん、頑張るね！」

「うん！　ねぇねが仲直りしたら、ミイちゃんも『ラゼちゃん』といっしょにあそびたい！」

妹にもお見通しだったらしい。学園に通い始めてから、この教会に戻って来る時間はそう長くはなかったはずなのだが、彼女について話していたことを覚えていたみたいだ。

「そうだね。次のお休みに、絶対誘ってみるよ」

友達を家族に紹介したこともなかったと気づかされる。

フォリアの決意に満ちた目を見て、小さな妹はふっくらとしたほっぺたをまん丸にして笑う。

そうして、彼女は小さな手に背中を押されてガーデルセン教会を後にした。


いつもと同じようにホールに転移された後、出口に近いところからどんどん学生寮に人は流れる。

今回は出口が近かったので、フォリアは周りを確認する間もなく寮に向かうことになった。

「ラゼちゃん、見つけられなかったな……」

ひとりで歩きながら、彼女は自分たちの部屋がある階段を登る。

毎回近くにラゼかカーナがいてくれたのに、今回は違った。

出だしからついていない気がして、ちょっぴり残念だが、フォリアは気持ちを切り替えて寮の部屋に入る。

——そして。


「——え……？」


一週間ぶりに学生寮に戻ってきて、扉を開けたフォリアは唖然とした。

今は姿が見えないが、遅れてやってくるのかと思っていたルームメイトの戻るべき場所が、空っぽになっている――。

教科書が並べられていた机の棚にも、小さめの本棚にも、あったはずのものがない。

扉を開けたまま立ち尽くしていた彼女は我に返ると、自分の持ってきた鞄を放り投げて一目散にラゼが使っていたクローゼットを開けた。

「……な、なんで。どういう、こと……？」

そこにあったのは、自分のクローゼットには入りきらなかったフォリアのドレスだけ。

ラゼのものは何一つ残されていなかった。

どこを漁っても、彼女のものはどこにもない。

「どうして、ラゼちゃんのものがないの……？」

どういうことだ。こんなことは、この二年間で一度もなかった。

ついこの前、休校になると言われて荷物をまとめたけれど、ラゼは教科書を置いたままだったはずだった。

元々荷物が少ない彼女だったけれど、こんな風に全てを持ち帰ることはしていなかった。絶対に。

なぜなら、「またどうせ戻って来るのにいちいち持って帰るのは面倒だよ」とは、彼女の口から聞いた言葉だ。

「……家の事情で、戻って来るのをやめた……のかな……？　…………家の、事情、で？」

嫌な寒気が背筋を撫でた。

ラゼが家族を亡くしたことだけは知っていた。

果たして、長期休みの間も休むことなく働く彼女のことを守ってくれている大人はいたのだろうか？

これまで出会ってきたラゼの知り合いには、仕事で知り合ったという仲の深そうな人たちはいたが、保護者だと名乗る人はひとりもいなかったはずだ。

「——ッ！」

そのことに今更気が付いて、一気に青ざめた。

バクバクと心拍数が上がっていく。何故《なぜ》か、嫌な予感しかしない。

——彼女ともう会えない。そんな予感がした。

フォリアは血相を変えて、部屋を飛び出て廊下を駆ける。

向かった先は寮のロビー。そこには寮母がいて、常に生徒たちに対応してくれる。

部屋に戻る他の生徒とは逆走するフォリアは、途中途中人とぶつかりそうになりながら、必死に階段を降りた。

まだ到着したばかりで、転移先のホールから移動してくる生徒たちの間を縫って、ロビーに駆け込んだ。

「すみませんッ。わたし、二—一〇三号室のフォリア・クレシアスです!!」

ものすごく慌てた様子で話し出した彼女に、寮母は驚いたようだったが、二—一〇三号室という部屋を聞いて思い当たる節があった。すぐに険しい表情に変わる。

「ルームメイトの荷物がなくなっていて！　そんなこと今までなくて！」

「………二一〇三号室。ラゼ・グラノーリさんのことね……？」

「はいっ。彼女のことを知りませんかッ」

今にも泣き出しそうなフォリアに、寮母は悲しそうに眉を垂らす。

「残念だけれど、彼女はもうこの学園にはいらっしゃらないわ……」

「…………え」

セントリオール皇立魔法学園に特待生として入学した庶民の女子生徒。

退学の手続きをして、あの部屋を片付けることになった時は、寮母も驚いたものだった。

毎日出かける時は挨拶をしてくれて、「いってらっしゃい」と言えば「いってきます」を。「おかえり」と言えば「ただいま」と、必ず返してくれる学生だった。

毎朝早い時間から身体を鍛えていたし、特待生として勉強に抜かりもなく、不思議と名のある貴族の子息と一緒にいても浮かない子で。ちゃんと一線を引いているから、他の学生たちにも悪い意味で目を付けられることなく、この貴族だらけの学園を過ごしている稀有《けう》な存在だった。

貴重な学生を失った。あまり関わりのない寮母でもそう思った。

「――どうして。そんな、急に……」

唐突に告げられた別れに、フォリアは自分の足が今、地面についているのかよくわからなくなった。

ラゼがいなくなるなんて、全く想像もしていなかった。

彼女に会いたくて、この学園に戻ってきた。

話せば、彼女のことを少しでも知ることができると思っていた。

一緒にまたテスト勉強をして、冬の大会にも出て、三年生になって——卒業までずっと一緒にいると疑ったことはなかった。

学校を辞める素振りなんてなかったはずだ。

「嫌だよ、ラゼちゃん。なんで……」

納得なんてできなかった。

あまりにも唐突にいなくなって、一方的すぎる。お別れの挨拶すらさせてくれないのか……。

そもそもどうして退学したのか。相談くらいしてくれたっていいじゃないか。……そんなに、頼りにできないただのルームメイトだったのか。

じわじわと涙が滲《にじ》む。——親友だと思っていたのは、自分だけだったのだろうか。

悔しいのか、悲しいのか。自分でもよく分からない感情が込み上げて来てどうしようもない。

フォリアは力なくその場に座り込んだ。

「——フォリアさん……？　……っ、どうしたの!?」

そんな彼女に気がついたのは、偶然居合わせたカーナだった。

フォリアの姿を見てただ事ではないと察し、慌ててやって来る。

「………あ、カーナ、様……」

隣にはルベン、さらに言えば彼の後ろにはクロードとアディスがいたが、フォリアの視野にはカーナしか入らない。なりふり構わず、カーナの腕を掴んだ。

「カーナ様ッ……。ラゼちゃんが。ラゼちゃんが、学校を辞めたって」

ぽろぽろと涙を流したまま、悲痛な叫びをあげるフォリア。

「え……？」

その言葉を理解して、カーナの顔から表情が抜け落ちた。

後ろにいた男子三人も、さすがに驚いた様子でそれぞれ表情を一変させる。

「──辞めた？　特待生が？」

信じられないものを見るような目で、アディスが言った。

どういうことなのか、と。

彼は前に出て、フォリアの横に膝をつく。

「後から遅れてくると思ってて待ってたのに来なくて。わたしたちの部屋を開けたら、ラゼちゃんのものが何一つ残っていなくて──」

カーナの腕を握った手に、ぎゅっと力がこもる。

「どこにもいないんです。──もう、この学園にはいないって」

「…………嘘、よ……」

大きな雫《しずく》がまたひとつ、緑の瞳から流れ落ちた。

カーナはフォリアの言葉が全く信じられず、愕然《がくぜん》と首を横に振った。

その場から動かなくなってしまったふたりの横で、すっとアディスが立ち上がる。

カウンターに手をついて、彼は寮母に尋ねる。

「ラゼ・グラノーリは、休学ではなく退学したんですか？」

その声はあくまで冷静だった。

彼女たちを見守っていた寮母は、「そうだ」と頷く。

「理由についてはご存じですか？」

「……ご家庭の事情だと聞いているわ……」

「…………そう、ですか。ありがとうございます」

重い沈黙が、その場の空気を支配した。

「……先生に。まずはヒューガン先生に確かめましょう」

クロードはアディスの肩に手を置く。

クラスメイトのことなら、まずは担任の教師に確認するべきだ。

生憎《あいにく》、ここは隔離された学園。自分たちが外に情報を探しに行くのには無理がある。できることから手を付けるしかない。

思考が停止しかけたアディスだが、クロードの声かけで我に返った。

「……わかった。すぐに着替えてくる」

まだ私服姿のままだった彼は、そう一言だけ告げると真っ直ぐに自分の部屋を目指す。

彼の背中を見たフォリアも、慌てて立ち上がった。

「わ、わたしもっ！」

今日の予定では、あと四十分後に最初の授業が始まる。

早く支度を終わらせて、授業が始まる前に教員室に行くのだ。

切り替えた彼女の行動は早い。

いきなり立ち上がったせいで、少しつんのめりそうになりながら、再び来た道を戻っていく。

あっという間にふたりがいなくなって、残されたのはカーナ、ルベン、そしてクロードだ。

「……カーナ。大丈夫か？」

「はい……。でも、正直、ラゼが退学したなんて、全然信じられなくて……」

そして、婚約者に声をかけたルベンはハッとした。

まだ床に膝をついたままだったカーナの手が、小刻みに震えている。

「……ど、どうしたんでしょう、わたくしったら……」

自分でもどうしてこんな風に震えるのかわからなくて、彼女は困惑するばかりだった。

もう、乙女ゲームのイベントは全て終わったはずなのに……。

そんな考えが頭をよぎって、カーナは拳を握る。

二度とゲームのシナリオなんてものに縛られて堪《たま》るか——そう思っていた。

彼と思いを通じることができた今、そんなものはただ自分に「仕方がない」と諦めさせる言い訳でしかなかったことが証明されたはずだった。

いつまでも己の破滅に怯えていた自分に戻りたくなかった。

彼女を悪役令嬢なのだと決めつけていたのは、呪っていたのは、自分自身に他ならないのだから。

——なのに。何なのだろう。この漠然とした恐れと焦りは。

襲撃事件から、ずっと胸騒ぎがしている。

もうゲームのシナリオなんて、どうだっていいじゃないか。最初から全てが間違っていた。ヒロインにはたった一人の想い人がいるし、悪役令嬢は転生者だし、存在しなかったはずの大切なモブな友人も同類だ。婚約者だって、自分のことを愛してくれている。今この瞬間は、それが事実だ。

だから、乙女ゲームのことは忘れたっていいはずなのに――。

ゲームに登場するはずがなかった同志が、消えてしまった。

「――さがさ、ないと……」

振り絞るように紡がれた言葉は、とてもか細かった。

「絶対に。必ず、見つけないと」

「……ああ。俺も協力するよ、カーナ」

ルベンは手を差し伸べ、そんな彼女を引き上げる。

こんなに動揺しているカーナを見たのは、実のところこれが初めてだった。あの翡翠《ひすい》の宮でスタンピードが起こった時よりも、彼女の顔から血の気が引いている。

「クロード。外に連絡の準備を」

「かしこまりました」

――婚約者の理解者。

ルベンにとって、ラゼ・グラノーリとはそういう存在だ。

時々、知らない言葉で語り合い、ふたりだけの世界に行ってしまうのを見ると、カーナがどこか遠くに消えてしまうのではないかと不安になった。あの庶民生は、自分にはない婚約者とのキズナがあって、カーナにとって特別だと分かっていた。それが少し……否《いな》、かなり悔しかった。

しかし、その不安要素がいなくなった今はどうだ。

まるで自分の半身がいなくなってしまったような彼女の反応に、不安要素が消えた安堵など抱く訳もなく、逆に不安を煽られている。

カーナがここまで取り乱すほどの存在だったということを、ルベンは知らなかった。

――いや、違う。自分はあの特待生のことを心のどこかで軽んじていたのではないか？

「………ッ」

彼は初めて気が付いた。ほんの僅《わず》かに息を呑《の》む。

自分はこの国の皇族であり、カーナは将来、皇妃として隣にいることを約束してくれた。なら――あの平民出身の特待生との関係は、この学園にいる間だけのものだと。

卒業してしまえば、カーナが彼女と会う機会なんてめっきり減るに違いないのだと。

そう思って、今まで下に見ていたのではないか。

その気付きは、まるで頭を殴られたような衝撃だった。

この国は身分制度が続く国だ。貴族と平民という二分された身分によって、悪しき差別があるのは事実。人の命の重みが違うなんていう反吐《へど》が出る考えが、未《いま》だにはびこる社会だ。

自分がこの国の王になるのなら、絶対にそのあり方を変えてやるのだと、そう誓ったのに。

まさか、無意識に己が最も嫌う人間と同じ思考をしていたのではないか。

「………殿下？」

「……なんでもない。イアンとルカを見かけたら、ふたりにも声をかけてくれ」

「……はい」

ルベンの変化を察知したクロードは伊達眼鏡の奥で、静かに主人の答えに目を伏せる。

◆

授業の時間になって、彼らは一人足りない教室で壇上のヒューガンを見つめる。

「全員揃ってるな。と言いたいところだが……」

ヒューガンは自分に集まる数人の視線が、何を言いたいのか重々理解していた。

つい先ほどまで、まるで尋問されるが如く「彼女」について問われ続けたのだ。

しかし、あの特待生の担任として彼女の退学を知ったのは、つい昨日のこと。

理事長に呼び出されたかと思えば、家庭の事情でラゼ・グラノーリは退学した。と聞かされて、彼だってまだ状況を飲み込めていなかった。

彼女が貴族の娘だったのなら、先日襲撃された学園に戻すことを親に反対されたという理由で納得できた。

だが、ラゼ・グラノーリはそうじゃない。

このシアン皇国の最高峰と呼び声高い教育機関に平民の出身ながら、特待生として入学した逸材だ。一般家庭から、この学園に入学するだけの努力はきっと己の想像以上に厳しいもののはずだった。

休学ならまだしも、退学を選んだことは理解に苦しむ。

彼女と特に仲の良かったフォリアを始めとし、平民にもかかわらず特待生としてこのA組にいたことを認め一目置いていた他の生徒たちも困惑している。何かあったのは間違いないだろう、と。訝《いぶか》し気な反応をしている者もちらほらと。心地がよいとはとてもいえない静寂が教室を支配していた。

ヒューガンはそんな教え子たちを見据え、やるせない面持ちで小さく息を吐いた。

「誤解がないよう先に言っておくが、ラゼ・グラノーリは家庭の事情で学校を辞めた。オレも急なことで驚いたが、そうしなければならなかった理由があることもわかってやらなくちゃいけない。グラノーリが充実した学園生活を送っていたことは、お前らも知ってるだろ？」

彼の目は、フォリアを捉えていた。

学園に不満があって退学した訳がない。

ラゼは見ている側にそう思わせるほど、この学園生活を彼女なりに過ごしていた。

「……挨拶なしで退学したあいつの気持ちも汲んでやれ……」

退学を決意させるほどの事情があったのだ。

きっと彼女もその決断に悩まされたに違いなく、その気持ちは尊重するべきだ。

「…………じゃあ、授業を始める」

ヒューガンはそれだけ告げると、もう、ラゼの話はしなかった。

ぽっかりと空いた、一番後ろの席。


アディスは隣にいるはずだった彼女の姿を脳裏に浮かべ、無意識のうちに拳を握る。

彼女がいなくなっても、何事もなかったかのように時間は過ぎていく。

その事実が、無性に悔しい。

(……どこで何をしてるんだよ。君は……)

あれだけ大切にしていた友人を泣かせるなんて。

せめて挨拶くらいしてから。ちゃんとこちらが納得できる理由を説明してから、学園を去るべきだろう。


——たとえ、自分には話してくれなくても、親友にだけは。

アディスは分かっていた。

彼女が自分を頼るなんてことはしないことを。

それもそのはずだ。いつも助けられていたのは、自分のほうだった。

一年生の時の特別授業だって、海の町での誘拐事件だって。

肝心な時に、なんの役にも立たなかった。

そんな奴にあの特待生が頼ろうとは考えないだろう。

そして、ラゼが自分のことを、ただのクラスメイトくらいにしか認知していないことも、彼は分かっていた。

だから、彼女から悩みを相談されることなんて、きっとないことは理解していたのだ。

しかし、コレは違う――。そうじゃないだろう。

誰にも何も知らせずに、学園を退学した？

そんな独断は、ただの自分勝手だ。

何故、自分が音沙汰もなく消えて、悲しむ人がいるということを考慮できなかったのか。

せめて手紙くらい残していくことくらいしたっていいじゃないか。

（いつもそうだ。……人のことばかり優先して、自分のことは後回しで……）

まるで、自分には他人ほど価値はないとでもいうような振る舞いが、アディスには許せなかった。

胸が締め付けられるように苦しい。

本当に。彼女には調子を狂わされてばかりだ。

思えば入学当初から、彼女のせいで予定外の行動ばかりしている気がする。

父親との約束で、この学園で一番を取って、騎士団への入団を認められるはずだった。

それが蓋を開けてみればどうだ。

ここ数年、基準を満たすことがなかった「特待生」が、同じクラスにいた。

グラノーリなんて家名は聞いたこともなく、どこかの有力者の後見が付いている訳でもなく。

ラゼはただの庶民生として、この学園にいた。それが特待生の条件でもあった。

――意識しないはずがない。

定期試験で一位を狙うなら、彼女が障害になる可能性は高かった。隣の席だということもあって、彼女の学力についてはいれていた。

統治学や美術系の学問については苦手なようだったが、やけに生物学や魔法力学には強かった。生物学の教師であるナイジェル・ミラ・ディーティエは、詳しく言えば植物学を専門とする教師なのだが、彼の研究室に一年の時点で通うことを許されたのは初めてのことらしく。彼女は確かに、自分にはない才能を持っていた。

そして、さらにアディスの想定を超えてきたのは、彼女の戦闘能力だった。

理事長ハーレンスの提案で彼女と剣を交えた、あの時。油断したつもりはなかった。しかし、相手が女子だということで、もしかすると気を緩めてしまっていたのかもしれない。――そう言い訳をしたくなる一方で、本能は彼女が強いと悟っていた。

王子のルベンがいる手前、あまり目立ちたくはない。だから、さっさと成果を出して退学するつもりだった。

騎士になって、早く一人前になりたかった。

二度と自分のために誰かが傷つく姿を見たくなかったから、自分が守る側の人間になりたかった。

セントリオールではそれができない。そう思っていたのに――。

この学園内でさえ、自分には足りないものがあり、守られる側のまま。

その全てを気付かせたのが、ラゼ・グラノーリだった。

（…………退学なんて認めない……）

長期休みに休まない人だ。何か、彼女にはどうにもできない事情があったと考えるのが妥当だろう。

何としてでも、連れ戻す。

アディスの決意は固かった。

2 戦況

「──火薬庫が消し飛んだ?」

その報告に、ウェルラインはぴくりを眉根を寄せる。

明らかに機嫌の良くない声音だ。普段の物腰柔らかな物言いが嘘のようで、若干の殺気を感じさせる眼力と低い声だった。

現場に向かわせた彼女ではなく、通信機器を使って情報は回ってきた。この部屋に入るだけでもプレッシャーだというのに、死神閣下の睨みを食らった伝令役の胃痛は計り知れない。

ラゼではなく、情報統括部から連絡が入るとはつまり、彼女の身に何かあったということに他ならない。

曰《いわ》く、周辺一帯が消し飛ぶほどの大きな爆発で、付近にいた別動隊から異常事態だと報告されたらしい。

「……火薬庫の爆発は想定していましたわ。でも、この規模は……」

「目的は果たせたと考えていいだろう。しばらく待てば、これで左翼の前線を押し上げることができると見ていいな」

報告を聞いていた総長たちは、すぐに状況の整理を始めた。

つい先ほどまで、子どものお使いのような手軽さで敵国の施設を破壊していたラゼについて、彼らが死を悼《いた》むことはない。

「更地にしたここに、空から物資を運び込むという可能性はありませんの？」

「あり得ない話じゃないですね。あの国の空輸機だけは侮れない」

セントリオール皇立魔法学園も、空を飛ぶ島だ。航空機のようなものは、この世界にもある。

ただ、転移装置を作るよりもコストが掛かるため、装置が置けない海上の航路に対して、その発展は遅れている。たとえ帝国がその穴を突こうと技術を磨こうとも、今のところ主戦は陸の戦場だった。

「──閣下。わたくしの管轄から大隊をこちらに配置しても……？　閣下？」

空軍総長はウェルラインの表情を窺《うかが》う。

「こちらの手を、読まれた……のか……」

「……？」

そして、彼の呟きに首を傾げた。

火薬庫が消し飛んだ後のことを考えていた総長たちは、ウェルラインのその呟きの意味を理解するのに少しの時間を要した。

ウェルラインは、この一件に対する帝国側の反応が今までのものとは違うことを肌で感じ取っていた。そもそも、この火薬庫に仕掛けを施した者がいる。頭の中でこれまでの帝国が使って来た戦法を幾通りも組み合わせて、盤面を作っていたウェルラインは、微妙な違和感やズレのようなものを見逃さなかった。

「……今までとは違うタイプの人間が手を回したな」

いや。策を読まれたとしても、大量の爆薬を投入してまで得られるメリットなんて帝国側からすれば微々たるもののはずだ。そんな不合理なことを、何故――？

向かわせたのは、狼牙率いる少数精鋭。明らかに軍備の無駄遣いだ。

そして、あの帝国のことだ。あちら側のミスが起因する事故という可能性も捨てきれない。

「……そんなこと、分かる？」

「いいや。まったく」

「閣下には、私たちが見えていないものが見えているのだろう……」

完全に集中してしまったウェルラインの横で、彼らは小声で囁《ささや》き合う。

総長たちに見守られる中、少しの間を置いてウェルラインはハッとした。

「……まさか、狼牙を狩るため、だけに……？」

故意に引き起こされた爆発だとすれば、それ以外に考えられる理由がない。あちらが自ら爆破させたのではなく、狼牙が引き金を引いて初めて爆発する仕掛けだったのなら。

碌《ろく》な政治をしない癖に、時を止めるなんていう禁術を持ち出してくる相手だ。

もう諦めたかと思っていたのだが、まだ狼牙を仕留める気が残っていたらしい。

だが……。

「それにしては突発的すぎる。……あちらの指揮系統に何かあったな」

彼の思考は冷静だった。

これまでの帝国との交戦からパターンは全て読んでいる。それを外れた今回は、違う力が働いていることは明白だった。

「――――その後、狼牙から連絡は」

彼は待機していた補佐に告げる。

「確認できていません」

端的な返答を聞きながら、ウェルラインはテーブルの上に広げられた地図に目を落とす。

彼女のことだ。もし爆発にあったとしても、参謀本部まで瞬時に移動したはずだった。

「……そうか……」

戦場では、強者も弱者も関係ない。

無論、実力は生存率を上げるが、差し迫る死期の刹那《せつな》を回避できるか否かは神のみぞ知るものである。

どんなに優れた人材だろうと、帰ってこない日は突然くる。

――次の策を展開しなければ。

ウェルラインは切り替える。

被害は最小限に抑えて、勝つ。

それが彼の信条だ。奪うことで大きくなったあの帝国のように、数で押し切ろうとするような真似はしない。

追い詰めて、追い詰めて。最後に彼らに選ばせるエンディングは、もう用意している。

その一手を決して悟られることなく丸め込むために、今はとにかく相手の戦力を削ることが必要だった。

沈黙が作戦室を支配する。

「閣下。空軍からこちらに大隊を派遣してもよろしいでしょうか」

「――ああ。問題ない。空を飛ばすだけの戦力を割けるとは思わないが」

空軍総長の提案に、ウェルラインはすぐに許可を出した。きっと思考に集中していた間、ウェルラインは彼らの会話は聞こえていなかった。それなのに、その思考を全て理解して即答するのだから、総長たちは舌を巻く。一体どこまで把握して、この戦況を読んでいるのか。彼らには想像もつかない。

ウェルラインの頭の中では、今後の動きについて何通りものシミュレーションが再生される。

そして、嫌でも直面する。

狼牙という存在が、どれだけ戦略に幅を与えていたのかということに。

フウ――と。ひとつ重い息を吐き、彼は煙管《キセル》に手を伸ばす。

妻のバネッサには身体に悪いと止められているのだが、今は許して欲しかった。

ラゼ・シェス・オーファンはただの部下。国のために命をかける軍人。

たとえ自分の息子が気にかけている子だろうと。妻がまるで娘のように思っていようと。

彼女が軍人であり続ける限り、ウェルラインもまた国のために最善の一手を選び命令を下す、彼女の指揮官であり続けるしかない。

「――下。閣下」

「っ、なんだ」

思考に耽《ふけ》ると周囲が見えなくなるのは、昔からの悪癖だ。

ウェルラインは自分が呼ばれていることに気がつくと、ハッと目線を上げる。

「狼牙殿がお戻りです」

そして告げられた言葉に、彼はその眼《め》を見開いた。

開かれた扉から現れるのは、送り出した時と何も変わらない姿をしたラゼだった。

「中佐……？」

「ただいま戻りました。ご命令通り、火薬庫を無力化して参りました」

「…………」

当然のように言い放つ彼女に絶句する。そこにいる誰もが、唖然としていた。

「……爆発したと聞いたが」

「はい。爆発させてきました」

「周辺一帯が消し飛ぶほどの爆発だ。罠だったんだろう？」

「そのようですが任務自体に影響はないと判断し、そのまま破壊してきました。……何か問題が？」

「…………いや。問題は、ない……。ご苦労だった」

罠が罠として機能していない。

その事実に苦笑するしかなかった。

まるで子どもの遊びに付き合う大人のような扱いである。「はいはい、これを壊したらこっちに泥が飛んでくるのね。わかってるけど、服を着替えればいいだけよ」くらいの振る舞いだ。

「爆煙に有害なものが混ざっていないかだけ確認し、そのまま放置してあります」

「……そうか」

後始末のことまで気が回る彼女には、思わず笑いがこぼれる。

その身に何かあったのかと考えていたのだが、彼女はきちんと自分のやるべきことを遂行して帰還しただけだった。

「かなり大きな爆発でしたので仮に『狼牙』を狙ったものだったとしても、私の安否についてはあちらも確認できていないものかと思われます」

「そうだろうな。……しばらく奇襲は使わない。貴官は前線に出て兵の援護を頼む」

「――ハッ」

ビシリと敬礼をした彼女は、ウェルラインの命令に忠実だ。

つい先日まで、息子と同じように学園に通っていたというのに。

そう抱いた思いは胸の中で押し殺す。

戦いはまだ始まったばかりだ。

彼女には、まだまだ働いてもらわねばならない――。

◆

ビクター・オクス・テリア伍長にとって、此度《こたび》が初めての「戦争」参加だった。

彼はもともとしがない貴族の次男であり、戦闘を専門とした軍人として働いているのは稀有な存在だ。指揮官となるべく下積みをしているわけではなく、自らが戦うことを目的として入隊する貴族の人間はほとんどいない。貴族軍人の大体が、安全な後方での勤務を望んでいるのに対して、ビクターに昇級の野心はなかった。

その代わり彼が皇国軍に求めたものは、尊敬する伝説の目撃者でありたいということで。

念願叶って彼女がいる部隊に入れたというのに、彼は未だに伝説を追い切れていなかった。

「――伍長、君は下がれ」

「ハァ――。ハァ――。ま、だ、やれますッ」

肩で息をしながら、彼は軍帽の下から自分を見定める鳶色の眼差しに答える。

ここで置いて行かれたくない。

自分よりはるかに若い彼女が、そつなくこなしているのだ。無様を晒《さら》してばかりではいられない。

ビクターは仲間が作ったと思われる土壁の後ろで、額に浮かんだ汗を袖で拭う。

そして、ツツーウと。赤い糸が地面に落ちた。

鼻血が出たのだと気が付いて彼は唖然とした。バルーダ遠征で魔石狩りをしているよりもはるかに短い時間しか戦っていないというのに、この様はなんだ？

慌てて鼻を押さえるが、ラゼが見逃す訳もない。

「下がれ。まだ、この戦いは終わらないんだ」

日はすでに落ち始めているが、今日が終わったところで戦争は終わらない。

二度同じことを言わせてしまったことを理解し、ビクターはぐっと息を呑む。

「――りょうかい、しま、した」

彼がそう一言告げた次の瞬間には、もうそこにラゼの姿はない。

袖で鼻を押さえながら、ビクターは周囲を見回す。

何の比喩でもなく、ここはこの世の地獄だ。

ぼこぼこに変形した土地に、ばらばらになった人の残骸が転がっている。

「――う、あ」「ぎゃあぁ――！」「助けて、くれ」と。

今まで自分のことで必死になっていたビクターの耳に、やけに鮮明に悲鳴が飛び込んできた。

俯《うつむ》いた、その時。

「――あ、ああ……。うぐッ。オエッ」

足元で自分が踏みつけていたものが人の腕だったと認識した彼の喉は、胃から上ってくるものを抑え込もうとして、聞くに堪《た》えない呻《うめ》きをあげた。

今、この瞬間にも、敵や味方の魔法によって脱落した者たちの身体は無抵抗に吹き飛ばされている。

戦争で命を散らした人間の身体は戻って来ない、とは士官学校時代に習ったことだ。

しかし、ここまでとは。こんなに惨《むご》いとは。

普段、魔物討伐部で魔石狩りをしているビクターには、対人の戦闘は厳しいものだった。

精神的なダメージは、魔石の起動に直結する。

今まで楽にこなせていたはずのことが、急にできなくなるなんて珍しくない。

彼はいつもより早く魔石起動の限界を迎えて鼻血が出るくらいで済んでいるが、中には魔法自体が使えなくなる者もいる。

ビクターはぐちゃぐちゃになった口元を拭うと、後退を決意した。

こうなると前線から拠点まで戻ることすら困難に思えてくる。

「……こんな、ところで。死ねるか……」

自分の死に場所はここではない。せめて、ラゼに褒められるような活躍をしてからでなければ、死んでも死にきれない。


「おっ。ちゃんと生きてるな。ビクター」

完全に夜の帳《とばり》が降りた頃。意気消沈としていたビクターに話しかけてきたのは、後から野営地に戻ってきたハルル・ディカード中尉だった。

「……中尉もご無事で何よりです……」

「……。当然だろ」

ビクターの覇気のない返事に、ハルルも今日は静かな声で頷く。

テントの下で食事に手を付けずに長椅子の端で座っていたビクターの隣に、ハルルは腰を落とす。

「あの……。代表は……？」

命令を下された後、彼女の姿を見ていない。ビクターは遠慮がちにハルルに尋ねた。

「ふたつ隣のテントだ。今は情報統括部に状況報告をしてると思うぞ」

「そうですか……。本当に、代表はすごい人ですね……」

「……代表とは比べるなよ。あれは別格だ」

同じ人間とは思えない、タフな人だ。何を食べて育てば、あんなに強くなれるのだろう。

手元におかれたのは、香辛料の利《き》いたソーセージと、食べ応えのあるぎっちりとしたパンに、すでに冷たくなってしまったオムレツ。口に運べそうなのは、カップに注がれた具なしのスープくらいだった。

「まあ、こういうのは慣れだからな。正気で乗り越えられるほうが、どうかしてると思うぜ」

いつもは揶揄《からか》って場を和ませるタイプのハルルなのだが、その言葉は冗談抜きの本心だった。

ラゼの率いる五三七大隊に入る前、ハルルはシアン皇国北部の国境に配置されていた。

険しい山岳地帯が広がっており、そこには害獣は勿論《もちろん》のこと、逃亡中の犯罪者集団がたまっていたり、不法入国してくる奴らがいたりと。ハルルには、対人戦の心得があった。

あまりにも容赦なく排除するため、当時の上官が面倒を見切れないとキレて飛ばされたのが、ラゼが隊長として新設されたばかりの大隊だった。

「代表って、人間相手でもいつも通りの瞬殺なんですね……」

「だな。……オレも、あの人が前線で戦ってるところを見るのは初めてだったけど、代表は変わんねーな」

「え。中尉も初めてなんですか？」

「オレたちは魔物討伐部隊だぜ？　ここまでデカい戦いにならなきゃ、基本戦場には出ねーよ」

ラゼが「首切りの亡霊」として名を馳せたのは、彼女が〈影の目〉として働いている時だ。まだ休戦になる以前、切り札として暗殺者のごとく投入されたのが彼女だった。

――知ってはいたが、怖い人だ。

ハルルはそう思ったことは口には出さなかった。

ラゼの得意型は移動魔法。火や水を操るタイプではない。自分のスタイルにあった戦い方をするのが一番効率がいいことを考えれば、彼女はその手で敵を刺しているに違いなく。

部下を気遣いながらワイワイがやがや魔物を倒す遠征の時とは異なる。常にポーカーフェイスで作業をこなしていたラゼは冷たかった。冷酷とはああいうことを言うのだろう。

「――で？　お前は食わねえの？」

ハルルはフォークを握ると、ソーセージを突き刺して頬張る。

「こぉ～いう食事とかも、代表が改善するように衛生とかに声かけたらひい」

「そんなことまでしてたんですか!?」

余談で付け加えられた新情報に、ビクターは目をむく。

戦闘だけではなく、こうした後方の支援体制についても噛んでいるなんて、あの人は一体何者なんだ。中佐どころの貢献度ではないだろう。本当に。

ビクターはごくりと息を呑んだ後、覚悟を決めてパンを手に取る。

「その器、温めても平気なやつ」

ハルルに助言をもらって、生活魔法程度の火魔法を使うとスープを温め直した。

ほんのり湯気が上るそれに、ちぎったパンをつけて一口。

今までの人生で、一番生きていることを実感する食事だった――。

◆

「――明日一〇三〇《イチマルサンマル》より、我々第五三七特攻大隊は左翼四陣にて大規模地形変動作戦に応戦する」

隊長ラゼの隣でクロス・ボナールト大尉は告げた。

招集がかかったかと思えば、次の指令が下されてビクターは固唾《かたず》を呑む。

「今回の地変は土魔法による地面の押し上げによって行う。敵陣を最下部とし、自陣をあげて傾斜をつけた最後に、水魔法の放水で敵を押し流す。我々の任務は、後退の援護及び、地変妨害の排除だ」

大規模地形変動作戦――。

同じ魔法型の魔石起動者を集めて、大規模な魔法を発動することによって可能になった戦法だ。今回の場合は、土魔法と水魔法の使い手たちが集められて、同時に指定された魔法を使用する。

無論、訓練をしなければ、こんな芸当は成功しない。

所属部隊関係なく、魔法型によって訓練を行うという先進的な教育はあの死神宰相の発案だという。簡単に綻《ほころ》びが出て逆に敵に攻め込まれるような事態も起こり得るため、魔法型統一部隊訓練は特に異質で厳しいものだった。魔法の種類によっては、リスクが高すぎて集団起動ができないものもある。たとえば、ラゼの使う移動魔法もその一種だ。失敗すれば人間がバラバラになって転移されるなんて、とてもじゃないが実戦で使えない。

五三七大隊の狂犬ともいわれるハルルが、訓練を心の底から嫌がっていた表情がビクターの脳裏に浮かぶ。……あの中尉からすれば、集団行動の最終形態ともいえる戦法を叩きこまれるのは苦でしかないだろう。強すぎても、弱すぎてもダメ。早すぎても、遅すぎてもダメ。かと思えば、崩れそうな部分についてはフォローをしろ。そんな感じで延々と同じ作業を繰り返しやらされるので、気が滅入《めい》りそうになる——とハルルは言っていた。

そんなハルルは、水魔法の使い手なので今回の地変作戦の仕上げに参加することになっている。

ビクターは少し前で傾注しているハルルを視界に捉えると、彼の珍しい真顔に複雑な心境になった。

「まず最初に、左翼の後退から援護する。集団起動部隊の準備時間を稼ぎながら、相手に怪しまれない程度に同志を逃がせ。そして、私たちは水魔法が発動する直前まで敵陣で交戦する」

「「——!?」」

今、彼女は最後になんと言っただろう？

クロスに代わってラゼが口を開いた、と思えばとんでもない言葉が聞こえた気がするのだが。

部隊のほぼ全員が瞠目《どうもく》した先で、ラゼは冷静だ。

「――君たちのことは、私が必ず生きて帰す」

そして告げられた誓いに、ビクターの心が震えた。

つまり、ギリギリまで敵を引きつけて、相手を流すその寸前まで戦って、敵が飲み込まれる瞬間にラゼが移動魔法で後退させてくれる。というわけだ。

「異論があっても受け付けない。嫌なら参加しなくていい。今引くなら罰則もない。――以上」

彼女は淡々と表情もなく言い切った。

――そんなの、今更だ。彼女に命を託すなんて。

魔物の大陸バルーダで魔石狩りをしているときから、彼女の移動魔法には何度も助けられている。

生態も未知なものを相手にするかもしれない中で、ラゼに施されたマーキングだけがお守りのようなものだった。

「あとは任せる。一時間後までには参加者の報告を――」

「……代表。その必要はないのかと」

「………？」

クロスに任せて防音装置が起動中のテントから退出しようとしたが、ラゼはその足を止める。

「本官は任務を遂行します!!」

ビクターは高ぶった感情を抑えていられず、敬礼と共に彼女に叫んでいた。

下っ端の勢いは、周囲の隊員たちも鼓舞し。彼らは全員、待機の姿勢から脚を閉じて直立するとラゼに敬礼する。

「……そうか。貴官らの奮闘を期待している。——天の導きがあらんことを」

「「——ハッ!!」」

息の揃った応答だった。

彼女のいるこの部隊なら、どんな集団起動だってきっと成功したに違いない。

左右に鶴の翼のように大きく開いた陣形の、右から左へ。

狼牙にとって、自分の部隊の全員を移動させるのは朝飯前のことだった。

「しっかりやれよ~。オレの分まで！」

「はいっ！　中尉がいない分は僕が頑張ります!!」

「……おい、ハルル。ビクターに余計なことを言うなよ……」

やる気満々で意気込むビクターが、学園祭に行きたいと騒いでいた時の姿と重なるのでクロスは怪訝な面持ちである。

「こいつのことより、まずは自分のことに集中しろ」

「え、オレ？　なになに、心配してくれんの？　代表と離れちゃうもんなぁ？」

「お前がちゃんと和を乱さないで作戦を成功できるのかが俺には不安だ……」

「ああ。そっち」

クロスの指摘にハルルは白けた眼差しに変わった。

「だいじょ～ぶ、だいじょ～ぶ。——オレ、本番には強いから」

「………そういうところがな……」

含みのある返事にクロスは溜息を吐《つ》く。

「——あ。オレ、呼ばれてるっぽい」

左翼後方に移動し待機中の彼らに、招集の声が聞こえてくる。

水魔法の使い手が集められていることを察したハルルが、そちらを振り向いた。

「んじゃ。行ってくるよ」

「ああ。——耐えろよ、ちゃんと」

「わかってる。お前こそやりすぎんなよ～」

ハルルは軽く手を振ると、クロスとビクターの元から離れて行った。

「あの大尉。……耐えろ、って？」

「集団起動魔法の使用中は他のことができない。あいつはせっかちだからな、何か起こったら本能的に身体が動くだろ」

「なるほど。そういうことですか……」

耐える――なんて、ハルルには不似合いな単語だ。確かにクロスが不安そうなのも頷ける。

納得してしまったら、何故だがこちらまで胸が騒《ざわ》めいてきたのだが……。

目の色を変えたビクターがハルルの背中を追ったのを見て、クロスは言う。

「あいつのところまで敵がいかないようにするのが、俺たちの仕事だ」

「――はい。中尉が暴れなくて済むように、頑張ります……」

「その意気だ」

ビクターが冷静になったのを確認してクロスが苦笑した。


「――消し飛べ」

爆炎を纏《まと》い、容赦なく敵を焼き去る男をビクターは二度見した。

――間違いなく彼に近づけば、味方もろとも炭にされる。

出陣前に、ラゼから全力で暴れていいと言われていたのだが、この男がここまで派手に炎を使うところをビクターは見たことがなかった。

まあ、考えてみれば、バルーダの魔石狩りは森林地帯が多い。火魔法をそう簡単にぶっ放すことができない環境だった。

だからだろう。火魔法が得意型のクロスはいつも武器に火をまとわせて焼き切ったり、直接本体に火炎を食らわせたり、地雷のようなトラップを作ったり、といった使い方をしていた。

こうやって、なんの躊躇《ためら》いもなく爆炎をあげているところは初めて見た。

（中尉の『お前こそやりすぎんなよ～』って、こういうこと⁉）

ハルルの残した言葉の意味を察して、ビクターは愕然とする。

実を言えば、クロス・ボナールトの強さをビクターはあまり理解していなかった。

この部隊には「狂犬」と呼ばれる男がいたので、正直、クロスの存在は霞んでいたのである。

大尉でありながら、自分の出世よりラゼの副官でいることを選んでいるとは知っていた。

ただ、口に出しては言えないが、彼は武力より知略に長《た》けた方の人材としているのだと思っていた。

「貴族上がり」というスラングが存在するくらいには、戦闘力はあまりないにもかかわらず出世できる人間がいるのも事実。それと比べるのはお門違いかもしれないが、クロスはラゼがいるから大隊にいるだけで、彼女がいなければすぐにでも指揮官として隊を率いる側の人間だとビクターは感じていた。

――それが、どうだ。とんだ勘違いをしていた。

クロスが知略に長けた人材？　どう見ても、戦闘馬鹿タイプだ。

「どうした、この程度か⁉」

好戦的に相手をディスっている彼から、ビクターは目を逸《そ》らす。

何というか、日ごろのストレスを発散しているかのような、清々しい顔で周囲の敵を一掃していらっしゃる気がする……。

普段、気苦労の多い立場にいる人だ。これからはもっと、自分もできることを手伝おうと心に誓う。

士気が上がっているのか、他の仲間たちも怯《ひる》むことなく前進を続けている。

この状況で、まさか友軍の後退を支援しているとは、相手も思わないだろう。

視界の端には、ラゼが音もなく負傷兵を回収しているのが目に入る。

彼女は彼女の仕事を全うしているだけだろうに、それが正気の沙汰には見えないのだから戦場とは恐ろしい場所だ。

ここはこの世の地獄のはずだが、地獄の番人はどうやら自分と同じ部隊の人間たちだったらしい。

世間は意外と狭かった。

「——死ねぇえええええ!!」

「!」

自分に向かって突撃してくる敵兵に、ビクターは向き直る。

そして、ぐさり、と。彼の腹に剣が通った。

「そうですね。まあ、僕も軍人なので。——次は地獄で会いましょうか」

腹を刺された状況にもかかわらず、ビクターは取り乱さない。

確かに肉を裂き、骨を砕いた感触が敵にはあっただろうし、ビクターは血を吐き出す。

それでも彼には、死を悟った者に特有の表情の変化が何もなかった。

「な、なんだ、こいつ……」

腹を刺した敵は異変に気が付いた。

——否、気が付いた時にはもう遅い。

男が隙を見せた瞬間、目の前にいたはずのビクターがもうひとり、彼の後ろで剣を薙ぐ。

「「じゃあな」」

声が二重になったのは幻聴ではなく、ビクター二人分の声が重なったから。

ビクター・オクス・テリアは「分身」の使い手。

端的にいえば、もうひとりの自分を生み出せる。希少な魔法に分類される珍しい能力だ。

攻撃をくらわされた男と共に、刺されたほうのビクターが倒れていく。

ビクターは、もうひとつの可能性の自分を見おろしながら、血の付いた剣を振る。

一体、これで身体を駄目にするのは何度目になるだろう——。

役目を終えた自分は、ぼろぼろと急速に朽ちていく。

……すこしだけ、彼の昔話をしよう。

彼は貴族の生まれだ。特に目立った功績もなく、ただ貴族という身分を継承して昔から与えられてきた仕事をこなす、ごくごく普通の下級貴族だった。とはいえ、腐っても貴族なので、自分の魔法適性は早い段階で親が検査を受けさせてくれた。

その結果分かったのは、ビクターには治癒魔法の適性があるということ。

治癒魔法が得意型というのは、この世界でヒロインに選ばれるくらいにはアタリの力で。

彼の両親はそれはたいそう喜んだ。——が。

実際、ビクターの使える魔法は治癒魔法というよりは自己修復に特化したものだった。

治癒魔法と呼び方を差別化するのであれば、回復魔法とでもいえばよいか。

残念ながらビクターはこの魔法社会から望まれる、好まれる魔法を身につけることができなかった。

それでもなんとか失望させた両親を見返そうと努力して、自己回復なら誰にも真似できないほど極めることができるとビクターは証明しようとした。

そうやって身につけた「分身」という魔法は――家族に不気味がられてより一層溝を作った。

ビクターの生み出すもうひとりの自分は、別個体。幻の類《たぐい》とは違う。

ある日、自分の息子がもうひとり増えていたら……。

なんでも起こり得る魔法世界でも、ビクターの魔法は本能的に恐れられてしまった。

魔法適性もすべての潜在能力、成長の可能性を判別できるわけではない。言ってしまえば、存在する人間の数だけ魔法の可能性は広がっている。ビクターはその中でも、コアで尖った方向に自分の適性を伸ばしていったタイプだった。というだけの話だった。

「テリア伍長！」

(あの家を出たくなって、セントリオールを受験したり、騎士団を目指したり。色々あったな)

この能力を気味悪がられてから、ビクターはあれだけ苦労して手に入れた能力が嫌いになった。

正直、今でもあまり好きではない。でも、これが自分の一番得意な戦法だから……。

ほんのわずかな時間、今しがた死んだ分の走馬灯が彼の頭をよぎっていたのを、彼女の声が呼び止めた。

「だ、代表……？」

「分身を使うなら二人で二人分ちゃんと働け!!　紛らわしい！」

今日も今日とて、突然目の前に現れたラゼが半ギレで自分の胸倉を掴んでいた。

軍帽の下で、鳶色の瞳が自分を睨み上げている。

「す、すみません！　いや、でも……。分身はどうせ消えますし……！」

今のところビクターの分身はオリジナル含めて、もう一体しか生み出せない。

そして、最終的にもう一人の肉体は消えることになる。身体を複製するのは簡単だが、それを操るのには治癒魔法とは違う分野の魔法が必要となり、維持するのが難しいからだ。

どちらも同じ自分だ。ビクターという魂はこの世にひとつしか存在しない。ひとりに戻ることは当然だと思うから、彼はこの魔法を習得することができた。――家族にドン引きされて初めて、人によってはもう一人の自分を確立したもう一人の人間として認識するのだということを学んだくらいには、彼にとってもう一人の扱いは雑だった。何しろ、創った身体に入れ替わることもできるのだ。ビクターからすれば、アバターを乗り換えるくらいの価値観である。幻術魔法に、質感が加わった上位互換的な魔法だと思って使っている。

このような魔法は、得意型以外の自分の適性との組み合わせで発展するものだ。

どうやって、この魔法を使っているのかと聞かれても、ビクターには説明ができない。

その分、他人に理解してもらうのもなかなか難しい。倫理に抵触する魔法は特に。

だから、この魔法を使うのはできるだけ控えていた。バルーダ遠征でも、基本的には自己回復の魔法しか使わなかった。

今回この魔法を起動してしまったのは、きっとクロスの放つ熱に浮かされてしまったからだ。

……断じて、油断していたわけではない。……うん。

ビクターは、全てを見透かしていそうなラゼの瞳からそっと目を逸らす。

「だったら、その分身は全部終わった後に私が消す」

「――――――えっ」

そして彼は、戦場では悠久のように錯覚する間の後に我に返った。

「だから、簡単に身体を使い捨てるな」

彼女の声音からして罰として言われたとは分かっていたが、ビクターはそれどころではなかった。

――それはむしろこの上ない僥倖《ぎょうこう》では??

狼牙に自分の後始末をしてもらえるなんて、そんな贅沢なことがあって良いのだろうか。

彼は目の奥を輝かせる。

「ぼ、ぼく頑張ります!!」

ひとりに戻った際に集合化される、もうひとりの経験で味わったつい先ほど刺されたときの痛みなんて、もうどこかに消え去っていた。

◆

（……代表も過保護だな）

そう心の中で呟くのは、クロス・ボナールト大尉だ。

一番、戦闘経験が不足している新人のビクターをラゼが気にかけていることなんて、隊の全員が知っている。もう少し正確に言うと、ビクターの戦い方については、部隊の全員が危うさを感じていた。

自分の身を削って敵を倒す彼の戦闘スタイルは、いつ心が壊れてもおかしくないからだ。

軍人だけに限った話ではないが、魔法である程度の傷が治る世界だ。身体が動く限り、何度も戦わされることになる。たとえ死にかけても、何もなかったかのように無傷の身体で戦地に送られ続けて、最終的に心がダメになって魔法でも治せない傷を負う人間は少なくない。

そして、ビクターは自分の分身が受けた記憶を引き継いでしまう、という業《ごう》を背負っている。

何度も死んだ記憶があるのだ。ラゼが言葉にして言ったわけではないが、分身とはいえ彼の身体が死ぬことを彼女は忌避しているに違いなかった。

――が、まあ。

「そんな心配はいらないだろうに」

クロスは、急に動きがよくなったビクターを横目に呟く。

アレはもともと、頭のネジが外れている。心配するまでもなく、あと数年もすれば何の憂いもなく分身を使いこなす厄介な軍人になっている事だろう。断言する。

何せ、彼はこのバケモノばかりの五三七大隊に、唯一志願して入隊してきた人間だ。

仕方なく配属になった自分や、強制的に入隊させられたハルルとはわけが違う。

並大抵の精神ではない。彼のメンタルの強さは、部隊一と言っても過言ではないだろう。

（……そろそろ地変が始まるな。ビクターだけはマーキングが外れるかもしれないから、俺も近くにいたほうがいいか）

身体を入れ替えた場合、ラゼが彼に施した魔法が消えてしまう。いざとなったら、自分がフォローをすればいいだろう。クロスは状況を把握しながらその時を待つ。

（まだ観測手がいるな。もう狩り切ってもいいんじゃないか？）

どんな魔法の使い手が、どれくらいの人数、どこに配置されているのか。

観測手は情報の要《かなめ》だ。見つけたら、真っ先に狩る。

今はわざと生かしているが流石に、こちらが後退しているという情報はきちんと伝わった頃だろう。

土と水魔法の使い手が減っていることを勘づかれていないといいが、あの死神宰相のことだ。四陣にいたるまでに、徐々にこのふたつの魔法適性者たちがいる部隊の配置は怪しまれない程度に下げるくらいはやっているだろう。実際、相手は攻撃を緩めることなく、果敢に前進を続けている。今のところ作戦は順調に進んでいるとみていい。

彼が、静かに見つけた観測手に狙いを定めていると……。

瞬《まばた》きをしたその瞬間、相手の首が飛んでいた。

「――――!?」

クロスは目の前の光景が信じられずに、その目を大きく見開く。

観測手の近くにいた者たちも、何が起こったのか分からずに悲鳴をあげている。

「首切りだっ。首切りがいる!!」

腰が抜けて地面に尻を突いた男は、震える声で叫んだ。

――首切りの亡霊。

敵国で今代の狼牙がなんと呼ばれているのか、クロスは身をもって理解した。

姿を追うことすら許されずに、一方的に殺される。本人は気が付く間もなく死ねるが、それを目撃した人間にとってはどれだけ恐ろしい存在だろうか。

首切りという単語を聞いても、何が起こったかを見ていなかった人間にとってはその恐怖を感じることができないのもまた、異様な光景である。

ぽつんぽつんと間を開けて、観測手たちが狩られているのを察知して、クロスは無意識のうちに苦笑いを浮かべていた。

(……本当に、あの人が敵じゃなくてよかった)

バルーダの魔石狩りでも頼りにしていたが、改めてそう思う。

「――さてと」

彼女が動き出したということは、もう作戦は次の段階に入ったということだ。

クロスは気を引き締め直す。帝国はひとりひとりの能力は低いものの、数で押してくる。捨て身の攻撃をしてくる兵も多いので、気を抜けば思わぬ攻撃を食らう破目になる。

「う、腕がッ。おれの腕が!」

油断していたのだろう。右腕を吹き飛ばされた皇国軍人が視界に入った。

(……見たことある顔だな。……ああ、オルサーニャのところの兵か)

合同訓練でぼろぼろにしたことがある顔だ。学園祭で魔物化したゼルヒデ・ニット・オルサーニャの部隊の人間だと分かって、クロスは内心溜息を吐く。

そういえば、この戦争の引き金にされたあの男はどうしているのだか？

すっかり存在を忘れていた。魔物化が解けた後は、気を失っていたのと身体検査を受けるために皇国病院に運ばれた——というところまでは聞いている。

あれから既に一か月近くが経つのだが、流石に軍人は辞めたか。

クロスが数秒にも満たない時間でそう結論した、直後。

「——うおあああああ！」

見たこともない形相で、敵陣に突っ込んでいく男が彼の前を横切った。

「——はッ!?」

それが、剣を握って特攻していくゼルヒデだと分かって、クロスはぎょっとした。

この戦争に出陣してから、一番動揺させられる事件が目の前で起こっている。

勢いで軍帽が脱げたゼルヒデの頭は丸刈りだ。身だしなみに気を遣って、汚れることを嫌って綺麗に戦うことに拘《こだわ》っていた人間と同一人物だとは思えなかった。

(何やってんだ、あいつ!?)

大して強くもないくせに。

死をいとわない男の目に、クロスの身体は自然に動き出していた。

どう見ても、理性を失っているゼルヒデに手を伸ばす。だが、彼の手がゼルヒデに届くことはない。

猪突猛進して突っ込んだゼルヒデに向けて、待ち構えていたように全方位から氷の刃《やいば》が向けられる。

ゼルヒデは貴族のコネで成り上がった男だ。プライド部隊なんて陰で呼ばれている、五三七大隊とはまた違った曲者《くせもの》ぞろいの部隊の隊長をやっている。実力的には「残念」としか言えないくらいの能力しかない。――つまり何が言いたいかと言えば、間違いなくあの攻撃を食らって死ぬだろう。

(いや、あれは――)

急に世界がゆっくり再生される中、クロスはハッとした。

あの男は、死ぬつもりで突っ込んだのだ。

ゼルヒデの目が、目の前の敵にしか定まっていないのを見て、そこにある覚悟をクロスは悟った。

「――隊長ぉおおお！」

彼に気が付いた部下の咆哮が聞こえる。

急にそんなヤル気を見せられても迷惑なだけだ。茶番にしては全く笑えないひとり芝居を見せつけられて、クロスの感情は取っ散らかる。

(ふざけるなよ!!　あのクソ野郎！)

多少の火傷《やけど》は致し方ないだろう。クロスは瞬時に魔法を発動する。

ゼルヒデに突き刺さろうとしていた尖った氷を、炎で焼きはらう。

相手もそれを防ごうとし、氷と炎の魔法が拮抗した。水蒸気らしきものが、視界をふさぐ。

（くそ。見えない——）

ゼルヒデを見失った。自分の炎で焼け死んでいないことを祈るが、あの男に自衛ができるだけの能力が果たしてあっただろうか。

ゼルヒデがいた位置を探るが、人の気配を上手く探れない。

死んだか——クロスが顔を歪めた、その隣で。

「な、何故とめた!!」

威勢の良い声が聞こえた。

この神出鬼没な現れ方は……。

「——離せ、オーファン！」

地面に手をついたゼルヒデの後ろ襟を掴んで、ラゼが立っていた。

さっきまでビクターの世話を見ていたのに、次は自分の部下でもない男の回収ときた。

ひとりだけ、この戦場で戦うこと以外の苦労をしている自分の上官に、クロスは同情せざるを得ない。本当に……。

「腐っても軍人だろうが！　自殺なら他所《よそ》でやれ！」

ラゼが本気の怒号を浴びせているのを、クロスは敵の攻撃を蒸発させながら見守ることしかできなかった。

「うるさい！　僕にはもう、これしかないんだ!!」

吠えるゼルヒデに、ラゼはゴミでも見るような眼差しを注ぐ。

「そういうことはひとりでも敵を倒してから言え!!」

(――誰も倒してなかったのか、こいつ……)

クロスは哀れみの目だった。ラゼが何故この男の撃破数を知っているのかも気になるところではあるが、そんなことより何の役にも立たずに消えようとしたこの男の行動が自暴自棄以外の何ものでもないことが残念すぎた。

「――っ。僕だって、僕だって……グスッ」

いい大人が涙目に変わっていくのを、クロスはもはや見ていられない。

「お前みたいなやつの命を助けてくれた人がいることを忘れるな！　彼女が懸命に助けてくれた命を、また今みたいに散らそうとするなら問答無用で皇都に送り返してやる」

ただ、ラゼが言い放った言葉を聞いて、彼は彼女たちから目が離せなかった。

この男は、セントリオールでフォリアに命を救われている。

そのことを、彼女はこの戦場でも忘れていなかったのだ。

「泣く暇があったら、命令通り早く引け」

ラゼは容赦なかった。こちらはお前の泣き言に付き合っている暇はないのだと罵声を浴びせている。

彼女は次の目的地へ転移してしまう。

「……どうして、どうして皆、僕を死なせてくれないんだ……」

だから、ゼルヒデの呟きを拾ったのはクロスだけで。

彼は呆れ切った顔付きで、一言だけ男に告げる。

「死んで欲しくないからだろ」

「……………」

たとえどんなに嫌なやつだろうと。敵に操られて、大惨事を起こそうと。

それでも、この国を守るために軍人として働いてきたことに変わりはなかった。

同じ軍服を着ている者を、無駄死になんてさせたくない。無論、戦争に参加している時点で己や味方の死は覚悟するべきものではあるが、だからこそ、ひとりの命も無駄にできない。

――そして、仲間を救うだけの能力があると、彼女は自負しているから。

(本当に過保護な人だ)

ゼルヒデの言う「皆」が誰を指すのかは知ったことではないが、少なくとも今彼を止めたラゼは彼に死なれることは望んでいない。

「巻き込まれる前に、はやく行け」

「……お、お前たちは……?」

「敵の特攻を迎撃するために残る。作戦を聞いてなかったのか」

「の、残るって……」

やっと暴走していた思考が落ち着いてきたのか、ゼルヒデはクロスの言葉に呆然としていた。

「隊長！　ご無事で!!」

ゼルヒデの部下が回収に来たので、クロスもここを離れることにする。

「俺はもう行く。これから大仕事があるんだ。代表の邪魔をしたら、俺はお前を殺すからな」

彼女ほど、自分は優しくない。これからの大規模作戦の要である彼女の邪魔をされたら、クロスはこの男を恨み続けるだろう。

クロスは戦場を飛び回り、人一倍の仕事をこなす狼牙を見て、再び敵陣に乗り込んだ。


「………冗談、だろう」

仲間と共に前線を退いた、その直後だった。

ゼルヒデの前で起こったのは、天変地異としか言い表せない規模の地形変動だった。

人間の魔法で、こんなことができて良いのか。――これではまるで、神の所業だ。

今まで戦っていた戦場が、土魔法で傾斜を作り。かと思えば、間髪容《かんはつい》れずに洪水が敵兵を圧倒的な水圧で押し流してしまった。

綺麗に掃除された地面は平らに戻されて、開拓したばかりの土地と見紛う仕上がり。

高台の上から見た光景が、未だに現実とは思えず、ゼルヒデは震えた。

「まだ、あそこには、五三七大隊の人間がいただろう……？」

彼は見ていた。地形が変わって、慌てて術者を殺そうと特攻してくる敵をあの部隊の人間たちが迎え撃っていた姿を。

風の魔法やらなんやらで空を飛べる者たちは、集団起動で横並びに立ち尽くす自陣の術者たちに向けての到達も早い。もちろん、集団起動を守るための人員も配置されていたが、相手も必死だ。あの瞬間は熾烈を極める戦闘になっていた。

そもそも帝国と皇国の戦力差についてだが、皇国の方が領土も狭く人員も少ないため、最初から劣勢なのだ。休戦に持ち込むまで防衛戦に徹していたのも、帝国を押し切るまでの戦力と覚悟が皇国には足りていなかったからで。此度の戦争が、この国にとって勝ちか負けの二択しかない戦いになるのは自明だった。逆に、今まで帝国に吸収されなかったことの方が異常な国なのだ、シアン皇国という国は。

そんな背景もあって、左翼の布陣についても皇国が押され気味だった。

消耗しきる前に、大打撃を一発お見舞いしてやろうというのが今回の作戦だった。

このまま皇国を放置すれば、まずい。

そう思った帝国兵が一斉に照準を合わせて攻撃してくれれば、ひとたまりもない。

その攻撃を散らすために、シアン皇国で最も戦闘能力が高いと評価されるあの部隊が間引きの役割を担ったのだ。目的は違えどやっていることは、殿《しんがり》とほぼ変わらない。

そして、この後、水で流されるとも知らぬまま前進を続けた敵兵を最後まで引きつけ——。

舞台が整い、水魔法の集団起動に切り替わったその瞬間まで彼らはあの場で戦い続けて、消えてしまった。

「敵を掃討せよ！」

ゼルヒデが絶句する横で、既に新たな指令が下されている。

待機していた次の自陣に、情報系の魔法が使える者が伝えているのだろう。

――彼女たちは死んだのか？

その場から動けずに、ゼルヒデは真っ平らになった戦場を見つめた。

そして……。

「さて、待たせたな。オーファン中佐。見事な働きだった。貴官らは一度下がって休め」

「御意」

女性たちの話し声に、彼は後ろを振り向く。

「――おい、ビクター。お前、分身と本体が同時に殺《や》られたら死ぬんだから、もっと気を引き締めて戦え。外傷には強いが、毒の類には弱いだろう」

「すみません、大尉……。でも、さっきもっと効率がいい使い方を見つけちゃったんですよ！」

「お～い。お疲れぇ～。オレももう部隊に戻っていいって！」

「ああ！　ハルル！　てめぇ、自分の仕事があるってのにギリギリまで土魔法の特別部隊を守って戦ってただろ!?　ちゃんと集中しろよ！　お前がもしあの時欠けたら、水魔法のほうにも影響出てたかもしんねーだろう！」

「いやぁ。みんなが頑張ってこっちのこと守ってくれてるの見たら、身体が勝手に！」

「どう見てもそんな感じじゃなかった……。じっとしてられないって顔に書いてあった……」

「まあ、まあ。うちは全員死なずに済んだんですから喧嘩はよしてくださいな」

「――チッ。どいつもこいつもうるせぇな。たまには静かにできねえのかよ」

賑やかな会話の発生源は、水に流されて消えたと思っていた面々だった。

「諸君、ご苦労だった——」

それまでがやがや話し込んでいた彼らは、彼女の声でぴたりと会話を止める。

「次の指令まで、しばしの休息だ。——今日も付いてきてくれてありがとう。ゆっくり休んで欲しい」

逞《たくま》しい軍人たちの隙間から、偶然見えた彼女の表情は最後にほんの僅かな安堵と笑みを浮かべていた。あんな顔、ゼルヒデは見たことも想像したこともなかった。信じる部下たちだからこそ労《ねぎら》う言葉に滲む優しさみたいなものに、いつも無表情で可愛《かわい》げのない顔しか向けられてこなかったゼルヒデは目が釘付けになる。

隊員たちは彼女の言葉を聞き終えると、それぞれに分かれて野営のテントに向かう。

「代表はこの後どうされるんですか？」

「休ませてもらうよ。——流石に、少し疲れた」

クロスの問いかけにラゼは素直にそう答えていた。


副官と別れてひとりになった彼女を、ゼルヒデは追いかけていた。

水場で顔を洗って、とぼとぼ歩いてテントにたどり着いた彼女は、食事はせずにそのまま簡易ベッドの上に倒れ込んで。そのままピクリとも動かずに、うつ伏せのまま気を失っていた。

テントの中まで覗くつもりはなかったのだが、彼女がベッドに倒れ込むのが見えてしまって、ゼルヒデは驚いた。

「――!?　――な、なんだ。寝てるだけ、なのか」

あの鉄人が倒れるなんてあり得ない。ゼルヒデは心底驚いた結果、テントの入り口まで顔を覗かせていた。

（……年頃の娘だろ。なんでこんなところで）

そんなに数はいないが女性の軍人も三割はいる。こんな共用の休憩室ではなく、女性専用の部屋を使うべきだろうに。服を着替える余裕もなく、彼女はまるで死人のように眠りについていた。

「なにやってんだ。ヘンタイ」

そんな彼に話しかけてきたのは、ハルルで。

気配を消されて後ろを取られていたことに、ゼルヒデは悲鳴をあげそうになるが、ハルルに口を塞がれたので何とか音にはならなかった。

「お前、本当に救いようがねーやつだな」

「ち、違うんだ！　ただ、僕は、彼女のことが気になって……」

殺気を向けられたことであらぬ誤解を招いたことに気が付き、ゼルヒデは必死に頭を横に振る。

「いや、普通にダメだろ」

「だから、違うんだ！　そうじゃない。そういうことを知りたいんじゃなくて」

ゼルヒデがあまりにも情けない反応で、悪意が微塵《みじん》も感じ取れなかったハルルは溜息を吐いて彼の後ろからどいた。

「……静かにしろよ。……まあ、これくらいじゃ起きないだろうけど……」

テントの入り口で言い合っていたが、ハルルは眠りこけるラゼを一瞥《いちべつ》して告げる。

「……いつも、こうなのか？」

「何が」

「ほとんど気を失っているようなものじゃないか……」

「……そもそも代表はあんまり人前で眠らない。本当に疲労がピークの時くらいしか、隙を見せない。それはオレたちにも」

ハルルは「お前はそこにいろよ」とだけ言うと、中に入ってラゼに毛布を掛ける。

同じ部隊のハルルでも、糸が切れた人形のように眠るラゼを見るのは、死神の玩具屋《おもちゃや》が酒場でクロスの腕を折った時を含めてこれで三回目だった。

人の何倍もタスクをこなすせいか、こうやって眠りについたラゼはこちらが驚くほど深い眠りについて、簡単には起きない。本当に疲れている時は自分の家で眠るのが一番のはずなのに、無理やりにでも起こしてくれる人が彼女にはいないから、わざわざ基地の仮眠室で寝ていることもあるのだとクロスが話していた。

「……その、どうしてオーファンはこのテントで……？」

「他に誰もいなかったからだろ」

そう言われてから、テントの中に他の人間が誰もいないことを知る。

「オレたちの部隊、今育休と産休で女性隊員いないから、気を遣ってこっちで寝てるんだろうな」

そんな気を遣わなくてもいいのにな、と。ハルルは付け加えて、テントから出てきた。

「分かったなら、さっさと行けよ。代表も気付いてたけど、相手にするのも疲れるから無視されてたんだぞお前」

「…………わかった……」

ゼルヒデは大人しく首肯した。

「その、最後にひとつだけいいか……」

「なんだよ……」

ハルルは溜息混じりに返事をする。

「……オーファンは今日みたいな戦いをして、ずっと生き延びてきたのか……」

「んなの、聞かなくても分かるだろ。あの人は生きて『狼牙』の名をもらった人だぞ」

——その価値を、何も分かっていなかった。

ゼルヒデは自分の愚問に恥を知った。自分の命に代えても国の為に多大な功績をもたらした者に与えられる、「狼牙」の勲章。きっとあれは、死んだ方がマシだと思えるような激務をこなした者に与えられるものだったのだ。せめてこの誉《ほま》れで静かに眠れという、鎮魂のための餞《はなむけ》だったのだ……。

(……本当に、馬鹿だ。僕は)

今まで彼女に向けてきた感情が、どれだけ見当違いで愚かなものだったのか。

悔しくて滲んできた涙を噛みしめ、彼は袖でそれを拭うと。

「——失礼する」

迷いの消えた瞳で、ハルルと、その後ろで眠っているはずのラゼに向けて片手を額に当てた。

◆

戦況が変わるのは、一瞬だ。

「――――は、っ？」

それまで順調に向かってくる敵を迎撃していた皇国軍に襲いかかってきたものは、この大陸にいるべきではないモノ。

「ビクター!!」

彼――ビクター・オクス・テリアの腹を破いたのは、得体の知れない毒の尾だった。

マジェンダ帝国との主戦場である南の国境にて。

これまで相手をはね除けるためだけの防衛戦しかしていなかった皇国だったが、彼らは強かった。

まさしく、壁。

鉄壁と呼べる守りは攻めでもあり、個々の能力はもちろん、連携にも抜かりはなかった。

その強固な戦力にヒビを入れたのが――魔物という生物兵器の投入だった。

ビクターは自分の腹に目を落とす。

人間の使う魔法による攻撃ではない。

そう認識した時には、もう遅かった。

彼の身体から引き抜かれた毒針の元を見れば、そこにいるのは赤い目に魔石をもつ化け物。服の中にでも隠していたのだろう。

死んだ敵の身体からするりと顔を出したのは、巨大な蛇の変異体。尻尾が鋭く尖った、まるで蛇と蠍《さそり》を掛け合わせたかのような個体だった。

——もうひとつの大陸バルーダでは、よく見る分類的には下級の魔物である。

ビクターが倒れ込んだ次の瞬間、敵の風魔法によるストロームが追い打ちをかけた。彼の身体はいとも容易《たやす》く吹き飛ばされ、味方の土魔法でできた障壁にぶつかって崩れ落ちる。

用意していたもう一体の分身も、運悪く致命傷を食らったばかりだった。

（ああ。くそ……。これだから、分身を囮《おとり》に使うなって代表にまた叱られるんだ……）

あちこちから悲鳴が上がり、魔物が皇国軍人を襲い出し、泥沼の戦闘が始まった。

「おいっ、ビクター！　しっかりしろ！」

ビクターを回収したクロスは彼の意識を確認するが、刺された場所が悪い。

よりにもよって、毒を持つタイプの魔物に腹を刺されるなんて——。

腕や他の場所であれば、切り落として毒が回るのを防げる。しかし、これでは処置ができない。魔物が人間に残す「黒傷《こくしょう》」は、まだ治療法がないのに。

「——っ、代表は！」

クロスの脳裏をよぎったのは、ラゼだった。

彼女なら、体内に回った毒素だけを除くという人間離れした魔法を使うことができる。

今まで、その魔法で何度もバルーダ遠征で魔物から毒をもらった仲間を救ってきた人だ。

黒傷が定着してしまう前に、早く彼女に診《み》せなければビクターは危ない。クロスは必死に周囲を見回す。

そして、彼が見つけたのは、仲間を庇《かば》いながら戦場を駆けるラゼの姿だった。

一体、目がいくつあるのかと疑いたくなる動きで、混乱する兵のフォローに回っている。

それは敵を倒すための戦い方ではなかった。

戦う仲間をひとりでも多く救うための戦い方だった。

中には、自分が庇われたことにも気が付かない兵士もいる。

軍帽を目深に被り少年兵のような彼女は、息をつく暇もなく次々に魔物を屠《ほふ》っていく。

そこに彼女を止められる者は、いない。

「……たい、い」

クロスの思考を現実に引き戻したのは、ビクターだった。

「なに、してるんですか。はやく、戻ってください。これ、くらい。だいじょ、ぶ、ですから」

「……ビクター……」

クロスはグッと拳を握った。

ここでラゼを呼び止めることが正しい行いなのか？

今まで何度となく厳しい選択肢を迫られてきたが、仲間を天秤にかけるこの瞬間だけは未だに迷いを捨てられなかった。

――ラゼは学園襲撃事件の際、魔物化したゼルヒデを殺すことを躊躇《ためら》わなかったが。

「たいい。ぼくは、軍人、です」

ガシリと強く腕を掴まれ、クロスは口を引き結ぶ。

「――わかった。必ず、耐えろ」

「……ハイ」

クロスはビクターを他の兵に任せる。

灼熱の爆炎、息の根を奪う水球、晴天に轟《とどろ》く雷鳴、突如として現れる落石に落とし穴。加えて敵陣から堰《せき》を切ったように溢《あふ》れ出てくる魔物たち。

この戦いが終わらない限り、どこまでも地獄は続いていた。


「久方ぶりの戦場は、厳しいな。オーファン」

薄暗いテントの入り口を開いて、男が呟く。

中には、地図が広げられた小さな机に向かってひとり小さな身体に戦闘服を着た少女がぽつんと座っており、俯いたその表情は見えない。

シンと静まり返った夜の野営地で、ラゼ・シェス・オーファンのテントを訪れたのは大将クラロドス・ハッシエ・ゼーゼマンだった。

「お前は強いが、ひとりしかいない。救えない命もある」

ゼーゼマンはそう言いながら中に入ってくると、ラゼの前に置かれた椅子に腰掛けた。

彼は片手に持っていた酒の瓶を、無造作に机の上に置く。強い酒の匂いが鼻腔をくすぐった。

もともとの強面《こわもて》に加えて、普段よりどこか苛立っているような目線がより威圧感を放っている。

「中途半端に光を見せられて、軍人に嫌気が差してきたんじゃないか？」

ゼーゼマンは酒の封を開けると、ぐびっとそれを一口。

ラゼは顔をあげた。その表情は硬く、少しでも口角があがることはない。

「現実に戻されて、お前も辛いだけだろう」

酔っているのかと思ったが、彼の眼差しは真剣で。

それがゼーゼマンなりの優しさだったということがわかったラゼは目を伏せる。

彼が最後までラゼの学園潜入を反対していたのが、遠く昔のことのようだ。

「自分が戦わなければいけないことを辛いと思っていたのは、もう随分前のことです」

彼女は低い声で呟く。

本当に辛いのは、共に時間を過ごした仲間を失うこと。仲間はもちろん、一緒に時間を過ごしたあの子たちが、こんな不毛な争いに関わることがないような時代を早く迎えたい。ただそれだけだ。

皇子の通うセントリオール皇立魔法学園にてマジェンダ帝国から攻撃を受けたことは、休戦終了の合図に他ならなかった。

あの時、戦いの幕は切って落とされたのである。

今回の事件は皇上ガイアスも己の子に危険が及んだせいか、いつも来るものを排除していただけだった方針を変えて、皇国側から徹底的に潰すことが決定された。

むしろこれまでその決定を下さなかったことの方が不思議なくらいだったので、踏み切るきっかけには十分だったのだろう。

この展開が乙女ゲームと関係があるのかは、すでにどうでも良い話だ。

「ガキのくせに、一丁前だなぁ」

ゼーゼマンは、また瓶に口をつける。

「……この数年で、失いたくないものが増えました……」

ラゼは膝の上に乗せた拳を握った。

「……テリア伍長だって……」

彼女は唇を噛み締める。

目をつぶればビクターが意識不明の状態でベッドに寝かされている姿が瞼《まぶた》に浮かんだ。

毒が回り、全身を蝕《むしば》むように黒傷が浮かんだ彼は、もう目を覚まさない可能性が高いとも、軍医に告げられていた。

新人とはいえ、バルーダでラゼの隣を共に走ってきたビクターほどの実力者が、消えていく戦場。

帝国が選んだのは、バルーダの魔物を戦地に放ち、兵士を魔物化させて戦わせるという外道な攻撃手段。

この世界始まって以来の、酷い戦法だった。

逆に言えば、そのような手段を取らなければならないほど帝国は追い詰められているということになるが、話にならない。

——話にならないから、ずっと戦ってきたわけだが……。

「もう、終わらせたい」

涙は出てこない。

今は、これ以上仲間を失わないように最善を尽くすことだけを考えていた。

それ以外のことは、考えたくなかった。

「同感だな。……そして、そう思ってるのはどうやら、俺たちだけじゃないらしい」

横を向いて座っていたゼーゼマンは、正面に向き直る。

「クーデターだ。オーファン」

彼は広げられた地図の印がつけられた場所から離れた、帝都を指さした。

ラゼは鳶色の瞳を見開く。

「お前にここを任せたい」

ゼーゼマンの言葉が、ずしりと彼女にのしかかる。

「名前を捨てて帝国に潜入し、クーデターを必ず遂行させて来てくれ」

つまり、皇国の人間が援護したとわからないように、クーデターを成功させろ。死ぬ時は、名もなきひとりの犠牲者となれ。——そういうことだ。

「メンバーは〈影の目〉から選出されてる。諜報で帝国の地理もわかっているお前がリーダーだ。受けてくれるか」

重い。今まで、「帝国に潜入し重要拠点付近にマーキングをして来い」「帝国の属国となった国に密書を届けてこい」などという任務をこなしてきたラゼだが、そのどの任務より重い内容だった。

しかし――

「――受けます。それでこの戦いが終わるなら、喜んで行きましょう」

彼女は返答に迷わなかった。

それが、国のためにも、仲間のためにも、近い未来を担っていく彼女たちのためにも――そして、自分のためにも必要なことだとわかっていたからだ。

「………………そうか。任せるぞ。必ず成功させて帰ってこい」

ラゼの返事を聞いて、ゼーゼマンは声を絞り出す。

目をつぶって眉間に深い皺を刻むと、指差していた手で顔を覆った。

「……馬鹿だなぁ、お前……。本当に……生き辛いやつだよ」

くぐもった彼の声に、ラゼは眉根を寄せる。

「すみません。いつも嫌な役ばかりさせてしまって」

「謝るな。お前だっていつもこんな役ばかり……。っ……。くそ、ジジイの涙腺を舐めるんじゃないぞ」

そんな風にゼーゼマンが言葉を崩すものだから、ふっと肩の力が抜けて彼女は苦笑した。

空気が変わって、ラゼは机の側からつまみになりそうなものを取り出す。

クラッカーとチーズ、それから生ハムを机に置くと、ナイフで食べやすく切ってゼーゼマンに勧めた。

彼はしばらく顔を覆っていたが、何かを思い出したように我に返る。

「……お前宛に、子どもたちが手紙を出してるのは聞いたか？」

ラゼはその問いに、曖昧《あいまい》に頷いた。

「もうラゼ・グラノーリはいないんですけどね……」

学園を去ったことに後悔はない。

あるのは、彼女たちを最後まで見守ることができなかったことについての哀愁くらいだ。

唯一心残りがあるとすれば、さよならすら言えなかったことくらいだろう。

「探りも入ってるみたいだから、もしかするとそのうちたどり着くかもしれないぞ、お前に。まぁ、死んだって聞かされたらそれ以上探すこともないか」

ゼーゼマンの話に、ラゼは何と答えれば良いかわからなかった。

戦争が始まった今、皇都の城よりもレベルを上げた結界と優秀な騎士たちに防御されたあの学園は、シアンのどこよりも安全な場所である。

まさか、あの学園が敷地ごと移動できるものだとは思っていなかったが、何年も場所を特定されなかったことも納得がいく。それだけの技術を注ぐくらい、セントリオールは重要な機関だったのだ。

学生たちは今頃、国の端でこんな争いが起こっていることを誌面で知るだけで、健康な生活を送れているだろう。

「気まずそうだな」

「それは、まぁ……」

彼女はチーズを口に入れる。

「本当に、ラゼ・グラノーリを消してよかったのか？」

「……正体を隠すのも、もうここまでかなと。これ以上嘘を伝えるのにも無理がありそうだったのと、正直、それどころではなくて……」

「それもそうか」

ゼーゼマンは納得して、ラゼが勧めた肴《さかな》をつまんだ。

「今は、こちらに専念したいです」

ラゼはじっと地図を見つめる。

カーナやフォリアたちのことを忘れたわけではない。

彼女たちとラゼ・グラノーリとして過ごした日々は、確かなものだった。私情をたくさん挟んだ自覚もある。彼女たちとこのまま友人としていたかった気持ちだってあった。

今まで嘘をついて一緒にいたことを。自分がどんな人間かということを。彼女たちが受け入れてくれるのかどうか、考えようとするだけで、思考がショートしそうになる。

生きてここから帰って、再び彼女たちに会えるのかすらわからない身だ。

他にも優先しなければならないことが、自分にはある。「ラゼ・グラノーリ」であることを捨てたのは、一つのケジメだ。

ラゼは封すら開けていない自分宛の手紙が挟んである分厚い手帳をそっと見つめた。

幕間　彼女のゆくえ

学園内から出ることができない学生たちは、手紙を出すことでしか外との連絡手段がない。

フォリアはラゼと連絡が取れるまで、毎日手紙を書き、朝昼晩に寮母を訪ねては返事が来ていないか確認した。

一日目。流石に今日返事が届くことはないだろう。

二日目。学園から外に手紙を出しているので、ラゼの元に手紙が届くのは早くても今日。

三日目。そろそろラゼが手紙を読んでくれているかもしれない。

四日目。もしかすると、今日には手紙が届くかもしれない。

七日目。ラゼも手紙を書くのに、色々考えているのだろうか。

十日目。家庭の事情で退学したなら、今は忙しいのか。まだ返事は来なかった。

……そうして、あっという間に二週間という時間が過ぎる。

どれだけ待っても、ラゼから返事が来ることはなかった。

ラゼが新たな任務を言い渡される頃。

学園では、授業が再開してから十八日目。

「…………クレシアス……」

すっかり気を落としてしまった彼女に、ルカが声をかける。

放課後。ラゼがいなくなった教室で、フォリアは彼女の席に座って俯いていた。

あまりにも必死になってフォリアがラゼと連絡を取ろうとする様子について、周囲の目はあまり優しくない。

ルベンやカーナも動かして、ラゼのことを調べていることを知った学生の中には、皇子たちの手を煩《わずら》わせるほどのことではないと思う者もいた。

何せ、今は帝国との戦時中。

平民の娘のことなんて調べている場合ではない。

「もう、会えない、んですかね……」

ぽつり、ぽつりと話し出すフォリアの声はとても小さかった。

ラゼがいなくなってから、フォリアはひとりの時間が増えた。

寮で朝起きたら、おはようの挨拶をして、ラゼはいつものトレーニングに行って。それが終わったら、一緒にご飯を食べて。一緒に登校して、授業を受けて、教室の移動だって同じで。

ずっと、ラゼがいてくれたから、この学園で孤立しないでいられたのに。

「わたし、ラゼちゃんに嫌われちゃったんですかね……」

顔を上げて苦しそうに笑うフォリアを見て、ルカは耐えることができなかった。

「──それは違うっ」

普段大きな声なんて滅多に出さない彼が叫ぶ。

静かな教室でその声はよく響き、前側の席でフォリアの様子を窺《うかが》っていたカーナや他の乙女ゲーム攻略対象者組が肩を揺らした。

「……ルカ、さま……？」

ルカが苦汁を飲まされたような険しい顔付きをしていることに気が付いて、フォリアは呆然とする。

空気が変わったことを察したアディスとクロードは顔を見合わせた後、ゆっくり階段を登る。

「どうしたの……。穏やかじゃないみたいだけど……」

アディスの問いかけに対しても、ルカは固く口を結んだまま。

「ルカ……？」

そして、アディスは気が付いた。

ルカの目の下に、薄《うっす》らとクマができていることに。

「……あの特待生が、クレシアスのことを嫌う訳がないんだよ……」

「何か、知ってるのか。ルカ」

アディスはすかさず、ルカの肩を両手で握る。

彼女と連絡が取れず、ラゼ・グラノーリが自宅に戻っていない──つまりは失踪したことを知ったルベンやアディスたちはそれぞれの情報網を使いラゼのことを調べていた。

ルカやイアンもラゼが退学したことを聞かされてから協力的だったのだが、これだけの布陣をもってしてもラゼの居所は掴めなかった。

戦時下における情報の収集はリスクが高い。

彼らが有力貴族の子息であるからこそ、ラゼ・グラノーリの捜索は後回しにされた。――されるように仕組まれていた。

しかし、あまりにも彼らがラゼのことを知ろうとするから。

ラゼ・グラノーリは死亡し、銀行口座が閉鎖されたという情報が、一番ラゼと距離があったと判断されたルカに知らされた。


「…………ラゼ・グラノーリは、死んだんだ」


彼にその知らせが届いたのは、二日前。

ずっと、言えなかった。

フォリアとカーナが。そして目の前のアディスが必死なのを見て、ルカは言えなかった。

もう彼女はこの世にいないのだと。

「――――――は？」

たっぷりと静寂を纏った後、その一音が鳴った。

ルカの想像と違って、目の前にあったのは怒気をまとった男の顔だ。

八方美人といわれる彼がこんな顔ができるなんて、ルカは知らなかった。

あまりの圧に、ごくりと固唾を飲む。

「自分が、今、何を言ったか分かってる？」

アディスの手に力がこもり、ルカは表情を歪めた。

「……彼女は、冒険者としての活動中に死亡した。それに伴い銀行の口座が閉鎖された。その手続きがされたのが見つかった」

出来事の順に端的に説明をしてルカは胸ポケットから、報告書が綴《と》じられていた封筒を差し出す。

アディスはやっとルカの肩から手を離し、その封筒を手に取った。

「………この、書類の信憑性《しんぴょうせい》は……」

「何かの、間違いではありませんか。ラゼが、ラゼが……死んだ、なんて……」

ルカの発言を聞いて、流石に教室にいた他のメンバーもラゼの席まで集まっていた。

「クロードに調べさせても出てこなかったんだぞ。何か情報が操作されている可能性は十分にある」

ルベンはカーナの腰を支えながら、はっきり言い切った。

皇子の言葉だ。血の気を失ってしまったフォリアも、こくこくと自分に言い聞かせるように首を小さく縦に振った。

――だが。

「そう言うと思ったよ……。僕だって、そう思った。でも」

ルカだって信じられなかった。

だから、彼女が死んだという証拠が見つかるまでは、こんな書類上の文字を鵜呑《うの》みにしてやるかと。

そう思っていたのだ。今朝まで。

「……こんなの、見たら……」

ルカは自分の手に、ソレを魔法で取り寄せる。

珍しくもない簡単な移動魔法で現れたのは、小さな箱。

全員が口を閉じて、ルカの手に乗った箱を見つめた。

ゆっくり開かれた箱から出てきたのは――傷と血痕の付いた銀色の髪飾り。

ラゼが編み込んだ前髪を留めるのに使っていたものだった。

「――うっ」

口元を押さえたのはフォリアだった。

「ク、クレシアスっ」

イアンが慌てて彼女のフォローに入るが、フォリアは倒れていく。

おぼつかない足取りで前に出たカーナは、震える手で箱を持って中身を確認して、

「うそよ。嘘だと言って。ねぇ、ラゼ！　一緒にシナリオなんて壊そうって言ったじゃない！」

ボロボロと大粒の涙を流した。

「…………アディス……」

それまでルカに掴み掛かる勢いだった少年が黙り込んだままだったから、クロードが恐る恐る様子を窺う。

「――から」

「………？」

ぼそりと呟く声が聞き取れず、クロードは耳を澄ませる。

「……だから、言ったんだ。危ない仕事は、辞めろって」

一度は、彼女を傷つけた言葉だと分かっているはずだろうに。

同じ失敗は二度と繰り返さないアディスが言うから、クロードには何も言えなかった。

「……ルカ。当たって悪かった」

「い、いいよ。別に」

「グラノーリがいつ、どこでどんな依頼を受けたか詳細を教えてくれ」

「………うん」

一転して冷静に見えるアディスに不安を煽られるが、ルカは頷く。

イアンとルベンがフォリアとカーナを連れて教室を出るのを見送ると、残ったルカとクロード、アディスは顔を見合わせる。

「僕たちも場所を変えようか……」

「そうですね」

彼らは図書館にある談話室を選んだ。ここでなら多少の調べものができるのと、きちんと防音がされた個室が使える。

「僕たちが学園に戻ってきた三日前に、皇都から南のヌガリオっていう領にある町のダンジョンに潜ったらしい。依頼内容は、未確認個体の調査と収集……」

「未確認個体？」

「角みたいなのが生えた害獣が目撃されてたらしいよ。……報酬額はそんなに高くないんだ。たぶん、あまり信憑性のある情報がないから、依頼を出した側も期待してなかったんじゃないかな」

「そうでしょうね。……そんなにラゼさんが経済的に困っていたようには感じなかったんですが……。学園がいつ再開するか分からないのに、依頼を受けたことも気になりますね」

長期休みの間も働く少女だったが、この学園に特待生で入学しているからには、支援が受けられるはずで。

学問を優先できるだけの環境は、学園側が用意していたに違いない。

ラゼが何故、そこまでしてお金を稼ごうとしたのか。

それがクロードには引っかかる。

「……特待生は、その害獣を探している最中に？」

「うん……。そのダンジョン、地下水脈に繋がってる洞窟系のところなんだけど、何らかの原因で崩れたって……」

「………逃げられなかった、のか……。でも、それじゃあ、この髪飾りは……？」

「現場付近に落ちてたって書いてある」

アディスはそっと、机の上に置かれた髪飾りに触れた。

「……それさ、とりあえずアディスが預かっててよ。あの感じじゃ、女子ふたりにはまだ渡せない」

「いいけど、なんで俺……？」

首を傾げる彼に、ルカとクロードは揃って肩をすくめた。

その理由が分からないのはアディスだけだろう。

だが、もう今となっては、彼が彼女に抱いているはずの感情について知らないほうがいいのかもしれない。

「僕よりは仲が良かったでしょ」

「……そんなこと、ないと思うけど。クロードのほうが特待生と気心知れてるでしょ」

「――え」

急に向けられた話の矛先に、クロードは驚きを隠せない。

「ラゼさんって呼んでるし。特待生も、クロードくんって名前で呼んでただろ」

「…………」

まさかここに来て、それを指摘されるとは。

仲の良さからすると、クロードよりもイアンのほうがラゼとはよく話していた。

アディスがラゼの呼び方について気にしていたことが明らかになって、クロードは内心溜息を吐く。

人の機微には敏感だと思っていたのだが、ラゼのことになるとてんで駄目らしい。本人にその認識ができないことも、悲しいものだった。

「……なら、わたしが預かったほうがいいですか？」

「いや……。これは、俺が持っておくよ……」

ただ、逆に問い返されたアディスは、全くその箱を手放す素振りを見せなかった。

「大事な形見だろうに。僕にそれを送ってきたってことは、引き取る人、いなかったのかな……」

絡みが少なかったとはいえど、クラスメイトが死んだという連絡が来て、ルカだってそれを口にするのが辛かった。

ダンジョンで死んでしまったとなると、彼女の葬儀が行われたのかすら怪しい。

「これ以上のことをきちんと知りたいなら、グラノーリの知り合いを見つけるしかないかもね……」

ひとりで抱えておくには重すぎる話を、ルカは全て吐き出した。

彼ら以外、誰もいない談話室はとても静かだ。

「知り合い……」

アディスが口元に手を置いて呟く。

頭の中に、彼女と知り合いらしい男たちの顔を浮かべた。

夏の大会や学園祭に来ていたあの男たちは、ラゼと仲がよかった。あんな風に嬉しそうに笑う彼女を見るのは珍しかったから、きっとフォリアとカーナくらい親密な関係なのだと思った。

偽装でも婚約を許せる相手がいるということも知っている。

なのに、何故、誰も彼女が危険を冒すことを止めてはくれなかったのか。

ぎりりと拳を握りしめる。

「学園祭の時の来場者名簿を見せてもらいましょう。誰が招待した客かも記録が残ってるはずです」

「それだ！」

クロードの提案に、ルカが相槌《あいづち》を打った。

「あの男の人たちだよね。なんか、見るからにガタイがいいから、冒険者でもやってるのかなって思ったんだ」

「……そういえば……」

アディスは思い出した。

「学園祭で魔物になった人、特待生と顔見知りみたいだった」

「えっ」

「本当ですか!?」

ルカとクロードが順番に驚きの声を上げる。

「あの人のこと、何か知ってる？　クロード」

ルベンの身辺警護を任されているクロードだ。

素性は伏せられて報道されていなかったが、彼はその男が誰かを聞かされていた。

周囲を確認した後、クロードは小声で囁くように告げる。

「――ゼルヒデ・ニット・オルサーニャ。皇国軍中佐で第三〇二特攻大隊の隊長です」

瞬間。アディスの中で点と点が繋がった。

ラゼに会いに来ていたあの二人の男。

彼らを見たのはあれが初めてではない。

「なんで、気が付かなかったんだ……」

長期休み中に、修行でダンジョンに潜った時にバネッサから紹介された軍人ふたり。

雰囲気がまるで違って気が付かなかったが、彼らは同一人物だ。

「特待生の知人は、皇国軍の関係者だ――」

彼は見落として来たパズルのピースをやっと拾うことができたが、遅すぎた。

「…………それ、って……」

ルカはその後にいう言葉を見失った。

今はマジェンダとの戦闘が始まっている。こんな時に軍部に頼んで彼女のことを調べるのは難しいだろう。

むしろ、軍との関わりがあったとすれば、危険な仕事でも引き受けて、死んでしまったという可能性すら出てくる。

「特訓でダンジョンに潜った時に、俺はあの人たちに会ったことがあったんだ。どうして今まで気が付かなかったんだろう。特待生の能力の高さだったら、資源を運ぶことにも従事していた可能性がある。特待生として理事長が引っ張ってきたってことを考慮すれば、ほぼ間違いなく国の仕事を手伝ってたんだよ。グラノーリは」

アディスは行き場をなくした手を頭に乗せると、ぐしゃりと髪を握った。

国の仕事なら、こんな緊急時にだって要請されれば仕事をするしかない。

セントリオールの特待生で生活が保障されようと、長期休みに働くしかなかったのだ。

「じゃ、じゃあ。本当はダンジョンの依頼は偽装されてもっと違う危ない仕事を引き受けて、亡くなったかもしれないってこと……？」

「否定できません。わたしの情報網を使って調べても、情報が届かないなんてことは滅多にありませんから。ラゼ・グラノーリに関することが国によって隠されていたとすれば、納得できます……」

「そんな……」

ラゼに関する情報が集まるほど、話の雲行きは悪くなるばかりだ。

もっと早くこのことに気が付けていれば、彼女を全力で引き止めていたのに。

アディスはグッと歯を食いしばる。

「何か隠してるとは思ってたんだ。だけど……」

彼女の領域に足を踏み込む選択はできなかった。

『……ずっと、楽しい時間が続けばいいのに……』

学園祭の準備期間中、ラゼはぽつりとそう溢した。

もしかすると、彼女はこんな風に学園生活を全うできないことを予期していたのではないだろうか。

やけに神妙な様子で言うから、あの時はどういうことかと問い返したが、その答えは煙《けむ》に巻かれていたのだとやっと気が付いた。

後悔ばかりがのしかかってきて、アディスは胸が苦しかった。

そして、それでも何故か涙は出てこない自分が妬《ねた》ましかった。

3 クーデター

ラゼが帝国に潜入すること自体は簡単なことだった。

彼女の移動魔法をもってすれば、一時間とかからず帝国の中心部に入ることができる。

（……久しぶりだな、この感じ……）

つい数時間前まで、地獄のような前線で戦っていたのに、今いるのは帝国人たちが日常を送る都だ。

鉄と蒸気とオイルのにおいが染み付いた、スチームパンクの街並み。

魔石の所持が規制され、魔法ではない技術が発展した都がマジェンダ帝国の帝都である。

その路地裏で、たったひとり。ボロボロの服を纏い、髪もぼさぼさで、身寄りをなくした孤児を演じている自分は一体何者なのだろう。

あまりにも周囲の環境ががらりと変わってしまうと、自分の魔法の速さに追いつけない時がある。

設定を馴染ませるように、ラゼは手を開いては閉じた。

（……まずは合流しないと……）

こちら側でいう革命軍には、すでに仲間が潜入している。

彼らと合流してクーデターに参加するのが、まず第一の試練だ。

革命軍に潜伏する仲間と連絡を取ることは至難。国を変えようと動いている、頭が働く帝国人がうじゃうじゃいる環境では密偵をやるのは最高難易度である。

そして、困ったことにここ数日のところ、仲間との連絡が途絶えてしまっているときた。

まさか、皇国が糸を引いているということがバレるなんてことはないと信じたいが、かなり雲行きが怪しいというのが死神宰相の見解だそうだ。

またとんでもない任務を任されてしまった訳だ。

（――んで、一体私にどこに行けと……）

秘密裏に動いている組織と数日連絡が取れないなんて致命的である。

今、この後、どこに行けばいいのかすら分からない。シアン皇国特殊組織の〈影の目〉として、様々な任務をこなしてきたが、いつもいつも無茶振りばかりだ。

もう慣れてきたが、絶対に帰って文句を言ってやる。

そう心に決めて、ラゼは路地の奥へと足を進めた。

今回、彼女と同時に移動魔法で帝国に潜入した人員は三名のみ。

誰かひとりは必ず、革命軍とコンタクトを取れないとお話にならない。

いつクーデターを実施するのか。これだけは共有し、必ずクーデターを成功するところを見届けなければ。自滅されることだけは、阻止しなくてはならない。皇国のために帝国の希望を守る、なんて皮肉な話だ。

「……さむい……」

はぁ、と。溜息を吐いた。

薄い服はぺらぺらと秋風に揺れる。

周囲の状況を把握しながら、頭の中の地図と情報をすり合わせて。

ラゼはふらふらと街を彷徨《さまよ》い歩いた。

今の帝都を簡単にまとめると、監視社会。

人が人を監視する、猜疑《さいぎ》に満ち満ちた場所だった。国の方針に背けば、捕まってそのまま戦場送り。

それがマジェンダ帝国という国の仕組みだ。

少女だと分かる娘がひとりで歩いていようが、誰も声をかけてこようとはしない冷たい国だ。

物価が高騰し、一歩入る道を間違えれば、そこにあるのは闇の街。

戦場送りを逃れた闇の住人たちが、口にするのも憚《はばか》られるような非日常を過ごしている。

(まだ何も情報が集まってない。……リスクだけど、入るか。闇市……)

情報を集めるなら行くべきだが、ただの少女として入るのは愚策か。

しばらく悩んだが、じっと待っていても仕方ない。

渦中に飛び込む覚悟なんて、もうとっくに終わらせたはずだ。

ラゼは暗い暗い道を奥へ奥へと進む。

うっすら死臭が漂うアンダーグラウンド。

薬物依存になって痩せこけた人間が横たわる道を、怯えたフリをしながら通り過ぎていく。

（前来たときより、酷い荒れ様……）

前回来たときから四年が経っている。

大きく変わったところがないのは助かるが、密度が増しているのに本気で気分が悪くなりそうだった。

人の気配が大きくなってきて、適当に落ちていた汚い布をばさばさ払った後、身を隠すためにそれを被る。

息を潜めて、ラゼはゆらゆら松明《たいまつ》と魔法の灯《あか》りで光が集まる闇市へ紛れ込んだ。

「いらっしゃい。回復薬はいかがかな」

「こっちの干し肉なんてどう？　すごく美味《おい》しいわよ」

「ああ？　あんた、こんな金じゃ足りねーよ？」

あちこちから聞こえてくる商売人と客のやり取り。

ここにいる人間にまともな倫理をもちあわせた人間なんていない。

明らかにカタギではない犯罪者たちが堂々と闊歩《かっぽ》する。

ラゼの背丈では、子どもだと丸わかり。下手に立ち止まれば捕まる。耳を澄ませてかすかな情報を拾いながら、奥を目指した。

市場の先に出ると、そこには今通ってきたより開けた空間がある。

以前は、趣味の悪い見世物をやっていた劇場だった。

しかし、そこに現在あったのは……。

「ＫＩＩＹＩＩ!!」

猿の鳴き声のようなものが聞こえて、ラゼはハッと足を止めた。

「さあさあ。こちらの商品、いくらで落札いたしましょう！」

以前は害獣を使ったサーカスもどきをやっていた会場で行われていたのは、オークション。

それも、檻の中にいるのは——魔物だった。この国は終わっている。

改めて、禁忌を犯しやがった帝国にラゼの中ではドス黒い感情が湧き上がった。

客の中には顔を仮面で隠した、いかにも金持ちそうな人間が混ざっている。

『未来を変えることができるあなたなら。あなたほどの実力者なら。いつかこんなクソみたいな国もどうにかしてくれるんじゃないかと思ってたの』

真っ赤なルージュを塗った魔女が遺《のこ》した言葉を思い出した。

「はーい、じゃあ。ここで締め切りますぅ。次に行きますよー、次ぃ！」

落札額が決まり、次の商品が運ばれてくる。

かちゃかちゃ鎖の音を鳴らしてステージに現れたのは、人間だ。それも、まだ幼い子ども。

「こちらの商品はぁ、ちょーっと右足が動かないのと、顔に火傷の跡があるんですけどぉ。内臓に欠けはございませんよ！」

全てを諦めた目をした少年が、泣きも喚《わめ》きもせずに宣告を待っていた。

「んん～。誰も買いませんかぁ？　このままだと廃棄になるんですけどねぇ。逆に格安でお売りできちゃいますよぉ？」

司会の猫撫で声がラゼの神経を逆撫でした。

今すぐ、この会場をぶち壊してやろうか？

爪が食い込むほど、拳を握って耐える。

「ああ、やっぱり傷物はお気に召しませんよね。今すぐ、内臓取り出すので、もう一度仕切り直しましょう」

にこりと笑って、司会は少年の頭に指を突きつけた。

少年は、ただ真っ直ぐ前を向いていて。

――彼と、目があった。

その瞬間、ラゼは魔石を起動する。

こっそり自分用に拝借した帝国の火薬庫からとってきた爆弾を、会場の端で爆発させた。

「きゃあ――!!」

「うわぁっ!!　な、なんだ！」

一瞬でパニック状態になったオークション会場を、ラゼは走り出すと取り残された少年の前に立つ。

すぐに彼を担ぎ上げ、闇市を走り出した。

「あっ、商品が!!」

めざとくラゼに気が付いた司会が叫んだ。

「って、子どもじゃないですか!!　それも女子!!　当たり当たり！　追いかけてください!!」

一体どんな洞察力をしてるんだ。

ラゼは布を被ったままで、特徴は隠れていたはずだった。

しかし、確信を持ってその男が命令を下すから、仲間らしき人影がラゼを追いかけてくる。

「……ど、して……」

「舌噛むよ。黙ってな」

ぽそりと聞こえてきた声に、ラゼは優しく答えた。

——きっと、フォリアだったらこの子を見捨てない。

そんなことを考えてしまった自分に戸惑いながら、ラゼは移動魔法を使わずにとにかく走った。

相手をきちんと撒くまで、自分の魔法を使うことは危険だ。どこかに隠れてやり過ごさなければ。

「おね、さ！」

「——っ!?」

放たれたのは、雷撃。

もろに食らった。少年を抱えたまま倒れ込む。拘束用の魔法らしく身体が痺《しび》れるだけで済んだが、あまりよくない状況だ。

得意型の魔法がバレるメリットなんてほぼない。

手の内は晒さずに済ませたかったのだが、やるしかないか。

身体が完全に痺れてしまい、すぐに動けそうにないのを悟って、なんとか後ろを振り向いた。

「ぐぅあ——!?」

すると、目に飛び込んできたのは、黒いフードを被った男がオークション関係者に回し蹴りを食らわせる姿で。

相手三人を地面に沈めると、その男は真っ直ぐラゼたちのもとへ。

「大人しくしてろ」

男の素性を図る間もなく、ラゼは少年と共に小脇に抱えられる。

（何者なんだ、この人……。まさか当たりを引いた、なんて都合の良い展開になんてならないよな？）

とりあえず今すぐには殺されないと踏んで、様子を見ることにした。

ラゼは言われた通り大人しく彼に抱えられて、暗い地下を抜け出した。


連れていかれた先は、帝都のはずれにある廃墟。

どさりと床に落とされて、ラゼは自力で上体を起こす。

「……あ、の……」

最初の一言を話したきり黙り込んだままの男を見上げた。

「——この、バカが！」

第一声。浴びせられたのは罵声だった。

この男に怒られなくちゃいけないことなんてないはずだ。ラゼは面食らって、パチパチ目を瞬《またた》いた。

「ガキがガキを助けようなんざ百年早いんだよッ。死にてぇのか⁉　そもそも、なんでお前はあんな場所に入り込んだ⁉」

初めて出会ったこの男が怒っているのは、こちらの身を案じているからと読んで間違いない。

是非とも、彼から帝国の情報を聞き出したいところだ。

「……薬が、欲しかった、んです……」

ラゼは腕を出して、セントリオールの特別授業の時にもらった黒傷を見せて反応を窺った。

「――お前、それ。どこでもらってきやがった？」

フードを被った男の表情は読み取れないが、これが何かきちんと理解できるらしい。

いきなり膝を曲げると、ラゼの腕を掴んだ。傷だらけの逞しい腕がロープの下から見える。

「場所、よくわからなくて。おかあさんも、真っ黒になって、死んじゃったから、わたしもこのまま死んじゃうかもしれないと思って……」

痺れが残る舌を回して、ラゼは嘘を並べた。

「……闇市、なら治せる薬があるかも、って。でも、わからなくて。わたし……」

ちょっと涙ぐんで言葉を詰まらせれば、男は「ハアァァア」と盛大な溜息を吐いた。

「お前、帰る場所は」

「…………」

「そっちのガキをどうするつもりだ」

「…………」

全て沈黙を貫くと、男はチッと舌打ちを鳴らす。

「後先考えず動くんじゃねぇよ。テメェのその判断で無駄な犠牲が増えんだぞ」

言い方はともかく、ごもっともな意見だ。ラゼだって同じことを言うだろう。

「…………ただ、まあ。そのガキを連れて逃げようとした度胸だけは褒めてやるよ。よくやった……」

ぽんぽんと頭を撫でられる。完全に子ども扱いされていた。一応、これでも成人を迎えているのだが、やはり自分は童顔というやつなのか。あまり嬉しくはない。

「悪いが、オレにガキの面倒を見てる暇はねぇ。……これだけやるから、テメェでなんとかやれ」

ラゼに握らされたのは、金の入った袋だった。

このまま彼と別れるのは不味《まず》い。

せめて、この少年を引き取ってもらわないと動きづらい。

自業自得ではあるのだが、ラゼはこの男を何としても逃すことはできなかった。

「お願いしますっ。一緒にいかせてくださいっ」

長いローブをがっしり掴んで離さない。

「迷惑にならないようにします！　静かにしてます！　だから、置いてかないでっ」

ラゼが勝負に出ていると、他の気配を感じる。

声がうるさすぎたかと思ったが、目の前のこの男の怒鳴り声よりかは小さかったはずだ。

男も黙れとは言わないので、たぶん彼の仲間だ。ラゼはじっと自分たちを助け出した男を見つめる。

「――ザエル。お前が助けたんだろ。せめて次の保護者見つけるくらいはしてやれよ。またすぐ捕まっちまうだけだ」

そして、ザエルと呼ばれた男と同じく黒いローブの男が現れて、そう言った。

ザエルは再び舌打ちをして、そちらを見上げる。

「さっきの爆発については？」

「ウチの仕業じゃないってことだけしか分からなかった」

「クソが……」

爆発を起こした張本人が目の前にいるとは分からなかったらしい。

ラゼは彼らの会話を聞きながら、ぼーっとしている少年にそっと向き直った。

先ほどからあまりにも静かすぎる。

「……君、足動かないの？」

オークション会場での紹介を思い返しながら、ラゼは彼に話しかけた。

長く伸びた前髪をよけて火傷の状態を確認しながら、視線を合わせる。

帝国では、治癒魔法の使い手は国の管理下に置かれてしまう。手を逃れた闇医者もいるが、どちらにしろ多額の金を払わなければ怪我を治してもらえない。

汚い布だが自分が纏っていたそれを被せてやり、服の中のがりがりに痩せ細った手足に触れた。

まだ痺れが抜けないのか、彼はびくりと身体を震わせた。

身体のあちこちに打撲痕が残っており、ラゼは歯を食いしばった。

（皇国だったら、速攻で騎士団が壊滅させてるだろうに……）

たとえ敵国の人間だろうと、大人の思惑に巻き込まれる子どもにまで敵意など感じない。哀れでしかなかった。

「……ちょっと待っててね」

ラゼは治癒の魔法を起動した。

機能を失った右足を動かせるようにはできないが、痣《あざ》を消すくらいならできる。

「あれ。この子、石持ちじゃん」

二人目の黒ローブの男がラゼに気が付いた。

「案外、いいとこのお嬢ちゃんだったのかな？」

ラゼの前にしゃがみ込み、彼は自分のフードを取った。

露わになるのは、両目を塞ぐように包帯を巻いたオレンジ色の髪をした男の顔だ。

「ねぇ、君。その石をくれるならずっと一緒にいてもいいよ」

「嫌です」

ラゼは即答する。何があっても、魔石を手放すことだけはできなかった。

「石だけは譲れません」

「なんで？　これでもぼくら、そこそこ腕は立つ方なんだけどな。任せてくれた方がいいと思うよ」

「石がないと私みたいなのはここでは生き延びれません」

頑《かたく》なに拒否すると、男は口の端を上げた。

「ねぇ。もしかして、さっきの爆発、君の仕業？」

「——もし、そうだと言ったら？」

「んなわけねぇだろうが……。ガキをイジメて楽しいかよ……」

ふたりの会話を止めたのはザエルで。

「ひとつだけ聞く。お前ら、この国が好きか」

「大嫌いです」

ラゼは躊躇することなく断言し、少年はその返事を聞いてから、こくりと一度だけ頭を縦に振った。

「さっさと戻るぞ。トマ」

彼は少年を担ぎ上げると、くいっと顎を上げる。

「はぁーい。お嬢ちゃんも抱っこされたい？」

「遠慮しておきます」

ラゼは自分の足で立ち上がった。

◆

『——で、だ。帝都に潜入中の諜報員たちとの連絡が途絶えている』

そう言われたのは、ゼーゼマンから任務を言い渡された後のことだ。

『確か、お前が前回潜った時は四年前だったか？』

『はい。あの時は、帝国の空輸機について探ってくるようにとの指令でした』

帝都で情報を集めてから、ある程度の目星をつけて実験場を探し回った。

その時には既に圧政が強《し》いられていて、闇市や不法取引は横行し、帝都の裏社会はとても治安が悪かった。特に、自分の身分を偽装して次に来るかもしれない出兵を逃れようとしている人たちの姿は印象に残っている。

あの頃は休戦に入っていたので、帝都にももう少し人が出歩いていた。紛れるのも簡単だった。

それが今では、一般人ですら街に出るのを避けているようで、静まり返った帝都には情報統一のために置かれたスクリーンから流れるニュースだけが鳴り響いていた。

『最後にあった情報からすると、帝都南西部の地下空洞にあった拠点がバレたみたいだ』

『……それは、嫌な知らせですね』

『ああ。最悪だ。流石に全滅はしていないだろうが、伝達役がロストしたのはかなり厳しい。お前には、まず帝国に入ったら革命軍の拠点から探してもらわなければならない』

『かしこまりました』

そんなの無茶だ、と投げ出したいところだったが、身軽な自分が動かなくては仕方なかった。

拠点が潰されたとなると、物資の支援も必要だろう。荷物運びは自分の得意分野だ。

『帝都に入る時はくれぐれも気を付けろ。お前のことだから心配はいらないかもしれないが、移動魔法が事故る可能性はゼロじゃない』

『ハイ。胸に刻んでおきます』

『あと、お前の他に三人一緒に行ってもらう。ふたりは通信系の魔法が使えるから、マーキングを忘れるなよ』

『承知いたしました。——すぐに準備をしてきます。足が付かない支援物資の確保も必要でしょう』

『無論、ウェルラインが用意させている。お前は今日は帝国の地図を頭に叩き込んで休め。明日、物資については皇都に飛んで確認しろ』

『——ハッ』

ほぼ確実な情報がないという、鬼畜な状況のまま帝国に乗り込むことになったのがつい二日前だ。

まだ革命軍が機能しているということが判明したことは僥倖だった。

◆

「ボス。また拾ってきちゃったんスカ？」

「よりにもよって、このクソ忙しい時に……」

「うっせぇ。面倒見てやれ」

ザエルはフードを取りながら、そう吐き捨てた。

帝国人にしかいない緑の髪を刈り上げた彼は、金色の瞳をしていた。

幻術で隠された洞窟の中は、いくつもテントが張られて彼らのアジトだと分かる。

（――まさか、本当に当たりだとはね）

ラゼは自分の勘が確信に変わって、心の中で苦笑した。

ここは、革命軍の拠点だ。こんな簡単に当たりを引けるとは、ツイている。

オークションで少年を助けなければこうはならなかっただろうし、もしかすると、天使フォリアの加護なのかもしれない。

「……あの、ここは……」

「んー？　盗賊団だとでも思っとけばいいよ。コワイおにーさんたちに殺されたくなかったら、勝手にどっか行ったり、誤解される真似をしたりしたらダメだよ」

トマは笑って答えた。

「盗賊……」

強《あなが》ち間違ってはいない表現だ。そう言われたらそうとしか見えない。

「残念だけど、全部終わるまで自由はないと思ってね」

「……全部、終わる？」

確実にクーデターのことだと分かっていたが、ラゼは首を傾げてみせた。

「いい子にしててね。お嬢ちゃん」

トマはラゼの頭をぐしゃぐしゃ撫でると、ザエルの方へと行ってしまった。

あのふたりは主力幹部だろう。

ザエルに関してはボスと呼ばれていた。まだ二十代後半か、三十前半にしか見えなかったが、前持ってシアンに流されていた革命軍のリーダー像の情報と一致している。

何故、その主力ふたりが闇市にいたのか気になるところだ。

人員、資材、情報。それが整っているのか、早急に把握しなければ。

「あーあ。うちのボスはホンッと人使いが荒いんだから」

入れ替わるようにやってきたのは、褐色の肌に金髪のグラマラスな女性だった。

「……とりあえず、ふたりとも水浴びしなさい」

腰に手を当てて、呆れたように言われた。スタイルの良さと相まって、とても色っぽい人だ。

ラゼは少年のことを背負い、オイレッタと名乗った彼女の後ろをついていく。

「あんた、その子の面倒は見れる？」

「はい」

こくりと頷いて、ラゼは地下の水場でまず少年の身体を拭いてやった。

桶に掬《すく》う水は冷え切っているから、魔法で温めてから使う。

「……ど、うして」

名も知らない少年は掠《かす》れた声で音を紡いだ。

「ん？」

「どうして、たすけたの」

まだ六、七歳くらいにしか見えない彼に言われて、ラゼは手を止めた。

「――死にたかった？」

そして、光が消えて薄暗い瞳に向けて彼女は問い返す。

「………」

黙り込んでしまった少年に、ラゼは肩をすくめる。

「ごめんね。……わたしも正直、よく分からないんだ。なんで君のこと助けようと思ったのか……」

あの場から助け出して、面倒を見切れるわけがないのに、どうするつもりだったのか。

ザエルの言う通り、後先考えない行動だった。

「まあ、でもさ。死ぬのはいつでもできるから。今はまだ生きてていいんじゃないかな」

左肩から頬まで伸びる火傷の跡を、そっと拭いてラゼは苦笑した。

「――っ、自分で、できる……！」

少年はカッと赤くなったかと思えば、ラゼから布を取り上げる。

子どもらしい反応が初めて返ってきて、少し安堵した。まだちゃんと感情は残っているみたいだ。

ラゼはお湯だけ用意してやり、自分も服を脱ぐ。

「あんたたち。タオルと服は、ここに――」

オイレッタが紐に布をかけただけの仕切りから顔を出す。

そして、ラゼの腹部に広がった黒傷を見て息を呑んだ。

次に彼女が取った行動は、隠し持っていたナイフをラゼに突きつけることで。

「あんた、このままだと魔物になるわ」

自分の下手な幻術は解いてからここに来たわけだが、さて、なんと言い訳をするか。

ラゼに焦りはなかった。

「大丈夫です。まだなってません」

「…………この傷が何か分かってるの？」

「化け物になる傷です。母がそうなりました」

オイレッタは首に置いたナイフを離さない。

「──や、や、めて。ころさないで！」

バシャッと水音がすると、少年が這ってオイレッタを止めようと手を伸ばしている。

「……アタシはあの男たちほど優しくないのよ」

実際のところ、ラゼはバルーダに渡る際に抗体を打っているので、この程度の黒傷では魔物化しない。それこそ、ビクターのように毒性のある魔物にやられるか、全身が真っ黒になるほどの傷を負わされない限りは化けることはないのだ。まあ、説明することはできないが。

ラゼはじっとオイレッタを見つめた。ぐっと刃を押し込まれて、血が流れる。

「やめろっ！」

それを見た少年が、吠えた。

ぶわりと彼の髪が広がる。魔法発動時に見られる反応だ。

「──!?」

彼は魔石を持っていなかったはずだ。

驚いて目を見開いていると、オイレッタに異変が起こる。

「――な、に、これ」

まるで時が止まってしまったかのように、オイレッタの身体が硬直していた。

「うご、かない」

ラゼは一歩後ずさって状況の把握に移る。

オイレッタの動きを止めたのは少年に違いないが、何の魔法か分からない。

そもそも、彼は魔石を持っていなかったはずなのに。

「……オイ、何事だ……」

騒ぎが聞こえていたのか、ザエルが顔を出した。

オイレッタがナイフを握ったまま固まっているのを見ると、彼は怪訝な顔をする。

「わたしは大丈夫だから。オイレッタさんの拘束を解いて……。できる？」

「でも、この人っ」

「本気じゃないよ。殺す気だったら、わたしはもう死んでる。――ね？」

「…………」

少年を宥《なだ》めると、彼はゆっくり口を開いた。

「…………動いていいよ」

ひと言彼が言えば、演技を疑いたくなるほど簡単にオイレッタは動きを取り戻す。

「ど、どういうこと……？」

オイレッタは狐につままれたような顔で、動くようになった自分の手に視線を落とした。

「……君、一体どこに魔石なんか……」

彼女の様子を確認してから、ラゼは腰に布を巻いただけの少年に言ってハッとする。

胸の辺りに手術痕があるが、これはまさか――。

「実験体だな、お前」

ザエルがいつの間にかすぐ横に来ていた。

身長が高いのと、その鋭い目付きと低い声で威圧感がすごい。

「埋め込まれたんだな。魔石を」

「…………う、あ……」

少年はカタカタと震え出す。

怖いことを思い出したのか。恐怖に引き攣《つ》った顔だった。

「……クソが」

ザエルは眉間に深い皺を刻む。

震えている少年が見ていられなくて、ラゼは彼を抱きしめた。

（この子の魔法、多分言霊《ことだま》ってやつだ。言った通りに動かせる、催眠系の使い手……）

移動魔法をチート並みに使いこなすラゼにも、恐れる魔法はある。精神攻撃系の魔法は特に苦手だ。

自分が魔法にかけられたと認知すらできなければ、勝ち目などない。警戒度は跳ね上がってしまった。

――が、この少年を敵だとは思いたくない。

「……大丈夫だよ。ここに怖いことはないよ」

「うっ、ひっく……」

泣き出してしまった少年が落ち着くまでそうしていると、彼は目を閉じてしまった。

(こんなに小さな子にまで。……許せない)

風邪をひかないように急いでタイルで水気を拭いて、服を被せた。

「……お兄さん」

「んだよ」

少年を着替えさせるのに手を貸してくれたザエルに、自分から話しかける。

「――どうすれば、皇帝のところまで行けますか」

踏み込みすぎかもしれないが、脈略がない問いでもない。

このまま上手く話を聞き出して、彼らに取り入る。

決して、敵ではないのだ。共闘することが目的でラゼはここに来た。

「……行ってどうする」

「………」

ラゼは沈黙で答えを返した。

「……それはガキの仕事じゃねぇよ」

「わたし、ガキじゃないです。もう十七になります」

「あ？　……にしてはチビだが、ガキに変わりはねぇよ」

ザエルはハッと嘲《あざけ》る。

「……ここにいろ。そう長くは待たせねぇから」

彼はそれだけ言って、少年を抱き上げた。

「お前も水浴びして、さっさと着替えろ。風邪なんて引いても薬はねぇからな」

「…………はい」

悪い人間じゃない。むしろ情に厚い正義感の強い男だ。話し方や見た目からは野性的なものを感じるが、思考はあくまで理知的だ。何より、帝国の置かれている状況が、皇国のせいではなく自国に原因があると理解していることに安堵する。まだ価値観が狂っていない人間が帝国にもいるのだ。

革命軍のリーダーがどんな人柄なのかを知れただけでも、彼女にとっては大きな収穫だった。

潜入中の仲間の顔をラゼは知らない。

相手も、ラゼが狼牙であるということは知らないだろう。

今回、一緒に帝国に入った三人を探したが、まだたどり着けていないことを確認し、ラゼはまず自分で集められるだけ情報を集める。雑用を買って出て、革命軍のメンバーたちとの交流を積極的にした。

「……さっきは、ごめんなさい」

オイレッタが気まずそうに謝罪してくれたのは、ラゼの思惑通りだった。

「大丈夫ですよ。こんな得体の知れない傷があったら、びっくりしますよね」

「……魔物に噛まれたの？」

「そうみたいです。向こうの大陸には、あんなのがいっぱいいるんですね」

罪悪感を抱いている彼女を相手にするのは簡単だ。

「……オイレッタさん。ここにいる人たちって、もしかして……」

「革命派よ。何度も何度も迫害されてきたけど、今回、やっと機会を掴めそうなの。……だから、殺させないでちょうだい」

困った顔で眉尻を下げるオイレッタ。

大切な拠点にこんな子どもを連れてこられて、彼女の心中を察する。

革命軍なんて呼んでいるが、ここにいる人数は多くない。

治癒魔法の使い手がいないのか、傷が大きい人間ばかりだ。きっと、戦場に出て死んだと思われている兵の生き残りを集めている。

「うまく、いきそうなんですか？」

「……やるのよ。必ず、アタシたちの代で終わらせる」

あまり頼りにはできない回答だ。

（……大丈夫なのかなぁ。まあ、個々が強ければなんとかなるのがこの世界だけど……）

魔法なんて摩訶《まか》不思議なものがある世界だ。

こちらが無理だろ、と思うことでも、世の理《ことわり》を介さないような事象だろうと、できてしまうものはできてしまう。ラゼが子どもながらに中佐なんて階級になるくらいなのだから。……まあ、シアン皇国軍の階級は、佐官と将官の間にも位があるので前世の知識と比べても意味はない。

そもそも、クーデターを成功させて来いと言われてここに来たわけだが、クーデターと革命では意味が違うこともラゼは腑《ふ》に落ちていなかった。

皇国の認識と彼らの認識には相違があることの表れであり、革命派という彼らは、軍人としてではなく帝国民として皇帝に刃向かいたいのだろう。

（グレセリドの城は頑強だ。命を狙われ続ける男が守備を重ねた城を、どうやって突破するんだろ……。作戦を知りたい）

ラゼも、あの城については把握できていない。

侵入を試みたシアン皇国軍人は、残念ながら生還したことがなかった。

（帝国人は、魔石の所持だって規制されてる……。市民は丸腰の人間だし、騒ぎが広がれば、それだけ死者も増える……）

せっかく魔法が使える世界で、この国の人間たちのほとんどが魔石を持つことを許されていない。

つい数時間前までいた地獄を思えば、それは悪いことではないのかもしれないが、抗争を起こそうとしている今、逃げる手段がない市民が側にいることはデメリットでしかなかった。

となると、暗殺が一番手っ取り早いのだが……。

そう簡単にはいかないから、今の今まであの暴君は生き延びているに違いなかった。

「……皇帝は、なんの魔法の使い手なんですか……？」

シアン皇国にとって、マジェンダ帝国最大の謎。

皇帝グレセリドの得意型については、この十数年、まったく手がかりさえ掴めていなかった。

ラゼの問いに、オイレッタは目を伏せる。

「それが分かれば、今すぐにでも乗り込むのだけれど……」

期待はしていなかったが、悲報である。

(グレセリドを逃す訳にはいかない。なんとかして、マーキングはしておかないと……)

やはり、このまま彼らと共に行動する必要がありそうだ。

「そういえば、まだあなたの名前を聞いてなかったわね」

「……ハリです」

「ハリね。さっきの少年のこと、オークションから助け出そうとしたんでしょう？　あなたみたいな勇敢な子がいてくれて、きっとザエルも嬉しかったんだと思う」

オイレッタはテントの外を見る。

そこには仲間とテーブルを囲んで話し込むザエルの姿があった。

「今はちょっと立て込んでるから、あなたたちのことを下手に他人に任せることができなくて。一段落したら、ちゃんと行くところを見つけてあげるから心配しないで」

「……もし、成功したとしても、わたしは正直、どこに行けばいいかなんて……」

前世の知識があるラゼにとって、変動の時代は犠牲の時代でもあった。

国を変えようとした革命家の行先が悲劇を迎えるというのは、思い違いではないだろう。

「大丈夫よ。仲間はここにいるメンバーだけじゃないんだから」

幼子をあやすようにオイレッタは苦笑した。

（……賛同している革命派側の人間は、まだいるのか。本当は帝都の市民も巻き込んで城を攻めたいんだけど、戦う気があるのか確かめるのは骨が折れるな）

まあ、帝国民を圧迫するためにあの死神宰相は兵糧攻めをしようとしている。

音を上げるまで、戦力を削り続け、補給路を断ち、消耗させる。

国土のある帝国でも、資源を圧迫することはできる。ラゼの奇襲と他の密偵が暗躍すれば、食糧を燃やし尽くすことは簡単だった。

その影響を帝国民が受けるまでラグが出るが、そこをどう耐え切るかが宰相殿の腕の見せ所という訳である。

そして、その耐える時間をどれだけ短くできるかは、自分の働きにかかっていた。

ラゼはオイレッタと別れて、助けた少年が寝かせられたテントの中に入った。

子どもにこんな人体実験を行う人間が、この世界にはいる。

改めて、ここが乙女ゲームの世界なんていう事実はクソ喰らえだった。

自分の身を守るように丸まって寝ている少年を見ながら、ラゼはそう思う。

「…………ん、ん……」

眉間に皺を寄せて苦しそうな声が漏れて、彼の頭を撫でてやると、ゆっくりとその目が開いていく。

「……おね、さん……」

ラゼを認識すると、彼は身体を起こした。

すると、ぐぅうきゅるると小さな怪獣の鳴き声が聞こえる。

「…………っ！」

少年が恥ずかしそうにお腹を押さえるので、ラゼはつい笑ってしまう。

「あはは。何か食べ物もらってくるよ」

腰を上げて、テントから出ようとした時だ。

「――ザエル！」

ラゼの目の前を、慌てた様子の男が走り抜けていく。

嗅ぎ慣れた血のにおいが鼻を掠める。

男の後をつけて、ラゼはテントの外で息を潜めた。

「やられたっ。次の招集がかかっちまってる！」

「あ？」

ザエルの低い声が、さらに低く鳴る。

「まだ時間はあったはずだ……。何故……」

「あいつら、戦場に魔物を放ったんだ。今までの戦争とは訳が違うっ」

やっと戦場の情報が届いたようだ。密偵との連絡が取れなくなった時点で、情報の伝達が困難を極めていることは察しがついていたが、遅い。遅すぎる。

後手に回ってばかりでは、死者が増え続けるだけなのに。

「招集で城の門が開くのは、明朝だ。時間がない……っ」

彼らが焦る理由が分かった。

たぶん、転移装置が城の中にあるのだろう。

新たに戦場に送り込まれる人員を迎える時に混じって、城の中に潜入し、事を起こそうとしていた。

そして、想定外にその招集令が早くかかってしまったのだ。

(密偵探しが先だな……)

ラゼは溜息を吐いた。

「――おい。そこに縮こまってるチビ。出て来い」

幕の外にいるのは丸わかり。

ザエルに呼ばれて、ラゼはそっと中を覗いた。

男たちの視線が刺さるから、緊張したふりをして中に足を進める。

「す、すみません。気になって……」

「ハァ。ガキに心配されるなんてザマァねぇな」

ザエルは深く息を吐いて、がしがし頭を掻いた。

「あの、大丈夫ですか。血のにおいがします……」

ラゼは今し方この拠点に駆け込んできた男に話しかける。

「ちょっとだけなら、治癒魔法使えるので、その……」

「なんだ、こいつ?」

「……拾った」

「…………またかよ……」

男は肩を竦めて、ラゼの前に屈んだ。

桜色の髪をした彼は呆れた様子でザエルを一瞥する。

「んで。お嬢ちゃんはどこから来た？」

「……アシュレイアの森」

ラゼがそう答えると、数名が反応を見せた。

「まだあんな場所に人がいたのか？」

「冒険者が生き延びたんだろうな……」

「……どうやってここまで来た？」

「途中まで、母さんと。その後は獅子の星を頼りに、歩いて来ました」

目の前の男が、一瞬だけ目を細める。獅子の星を頼りに。というのは合言葉だ。

それに返せる者がいれば、情報を共有できる。

「──一番明るい星だからな。目印には丁度いい」

どうやら、桜髪の男はこちら側らしい。

「オレはイザーク。……怪我は心配すんな。大した傷じゃない」

「──カッコつけるな、バカ」

「ってぇ!?」

イザークの脇腹をザエルが蹴り飛ばす。

「おい、チビ」

「……は、はい！」

「手が空いてるなら、診てやれ」

「わ、わかりました！」

こくこくと頭を縦に振り、ラゼはイザークに手を伸ばした。

「……あの、一緒にここに来た少年がお腹空いてるみたいなんですけど、ちょっとだけでも食料を分けてもらえませんか」

何故テントから出て来たのかという理由も忘れない。

イザークが用意してくれることになったので、ふたりでテントを出る。

彼のちらちらこちらを窺う視線は「本当に仲間なのか？」と言っているが、ラゼは無視を決め込んだ。敵を騙すなら味方からなんて言うが、自分の場合、味方の信用を得るのに無駄な時間がかかるときがあるのが手間だった。

硬い保存食と薄いスープをもらって、ラゼはテントに戻る。

「もらってきたよ。スープに浸して柔らかくして食べるといいよ」

「う、ん……」

痩せ細った少年に器を持たせてやると、先割れスプーンを握ってこくりとスープを飲み込む。

少年に食事を渡した後、イザークに向き直った。

「場所、変えた方がいいですか？」

「……ああ、そうだな」

イザークと一緒に外に出て、人気《ひとけ》の少ない洞窟の窪みに入るとラゼは彼の脇腹の傷を治す。

「……状況は」

囁くほどの小声で、ラゼは彼に問う。

彼女の変貌ぶりに、イザークは面食らったようだったが、すぐに切り替えたようで。

「見ての通り芳《かんば》しくない。革命軍はここにいる四十人と、帝都に潜伏中の遊軍が六十人くらい。ちなみにこの拠点は、帝都北部の山岳地帯にある。城の内部については、透視魔法が使える奴のおかげで何とか掴めた。魔法を無効化する装置の位置も割れてる。ただ、皇帝の魔法だけが分からない……」

「……マーキングさえできれば逃さない」

「あんた、移動系か？」

ラゼはこくりと縦に首を振る。

「……なるほど。それなら、奴に接触さえできればいいんだな」

傷が塞がったのを確認して立ち上がった。

「これで大丈夫ですよ！」

にこりと笑って演技を始めたのは、人の気配を察知したから。

イザークも「ありがとな」と言うと服を着直し、ふたりは少年のいるテントに戻る。

そこには、オイレッタとトマがいた。

「――同志だよ」

警戒するラゼに、イザークは補足する。

つまり、彼らもシアンから潜入中の密偵らしい。トマはともかく、オイレッタも仲間だとは驚きだ。

「魔物化はしないってことで大丈夫そうね？」

「はい」

オイレッタは苦笑いである。

ひとりだけ話が分からない少年は、ぼんやりこちらを見ている。

「ハリ、この子の名前は？」

「……聞いてないです」

懐かれても困るのでわざと聞いていなかったのだが、少年と呼び続けるのも無理があるか。

「……君、名前は？　わたしはハリっていうの」

もちろん偽名だったが、少年に語り掛ければ。

「――ダン」

彼は真っ直ぐにラゼの瞳を見据えて答える。

スープがほとんど手付かずで残っているから、ラゼは首を傾げた。

「食べられなかった？」

「ううん……。おねさんも、たべる？」

どうやら自分に気を遣ってくれたようだ。

彼の姿にどこか懐かしさを感じて、ラゼは感情を押し殺す。

たぶん、これは気が付かないほうがいい気持ちだと分かっていた。


「おい、ハリ。こっち手伝ってくれ」

「今行きます！」

上手く革命派の拠点に忍び込んだラゼは雑用係になっていた。

（今日で潜入三日目か。今回の招集には間に合わなかったから、次の機会を待つしかないけど、どれくらいかかるかな）

そう頻繁に招集はかからないだろう。焦りは禁物だが、悠長に構えることもできない。

「悪いな。この芋、全部皮を剥《む》いておいてくれ」

「わかりました」

木箱に詰まった芋の量を見て、何人分くらいになるかを確認した。昨日と比べてわずかだが量が減らされているし、ここにいる人数に対しては少ない。

（食糧、足りてないんだな……）

予想はしていたので、食糧のストックはいつでも取り寄せができるようにしている。

問題はそれをどうやって渡すかだ。ラゼは芋の皮剥きをしながら考える。

「おねさん……」

「あ。おはよう。まだ寝っててよかったのに」

テントから出てきた少年は、右脚を引き擦りながら歩いてくる。

ラゼの姿を見つけると安心したのか、傍《かたわ》らに腰を下ろして離れようとしない。

（……リドと同じくらいの歳か……）

死んだ自分の弟の姿が重なって、ラゼは彼から目を背けた。もし自分の家族がこんな目に遭わされていたら、彼をこんな姿にした奴らを放ってはおかなかっただろう。

黙ってラゼの隣に膝を抱えた彼は睡魔に勝てなかったようで、すうすうと吐息を立てて寝てしまう。早く作業を終わらせてテントに戻したほうがいい。黙々と皮を剥く間、ダンが目を覚ますことはなかった。

「ずいぶんと懐かれてるな」

頼まれた分の仕事を終えると、顔を出したイザークに言われる。

「大人ばかりで、一番歳の近いわたしを警戒してないだけですよ」

「それは違いない」

イザークは苦笑して、ラゼの前にしゃがみ込んだ。

「食糧、あとどのくらい持ちそうですか」

「……今の時点でカツカツだ。闇市を覗きに行っても、ろくなものが揃っていない」

「なるほど」

足りない資材を補給しようとして、ザエルとトマは二日前に闇市にいたようだ。

「準備はあるよ」

「――!? ほんとか!」

周囲の気配に気を張りながら、ラゼは彼とやり取りを続ける。

「どうやって流すかが問題。今ある分はどうやって確保したの?」

「協力者たちからだ。帝都は監視が特に厳しいが、帝国に吸収された属国にはこちらの仲間も多い」

「それで?」

「……仲介役が死んだ。その時に全ての経路が閉ざされた」

「補給路の確保は最優先でしょう。まだ、代わりが用意できてないの?」

怪訝な表情のラゼに、イザークが顔を歪めた。

「ここは一歩離れれば、何も手に入らない砂漠に閉ざされた場所だぞ?」

「魔法の前に、立地なんて関係ないよ」

イザークはぐっと息を呑んだ。それは、長年この国に潜入している自分たちの苦労を一蹴されたような気になったからではなく、追加の密偵として寄越された少女の目がとても冷たいものだったからだった。

「――状況はわかった。スクロールを用意しよう。後援の国を教えて。多少の工作がいる」

スクロールは使い切りの魔法が使える、魔法陣と魔石が施された巻物のことだ。

開けば、そこに物資が届くように魔法をかけておけばいい。国によって使われる紙や魔石の質が変わってくるので、その偽装工作をするために時間が必要だった。

「東のフーリエ。スクロールはオレが受け取ったことにすればいいか？」

「うん。今日中には用意する。ついでにチャームもつけておいた方が良さそうだね」

「助かる……」

イザークは彼女に頼る他なかった。

「……なあ、あんた」

長話は無用だと思っていたのだが、イザークに尋ねられてラゼは「なに？」と問い返す。

「もしかして、あっちでは相当名の知れた奴なんじゃないのか？」

「……さあ。どうだろうね」

答えをはぐらかしたラゼに、イザークの疑問は確信に変わった。

今こうして話している間にも、他の人間に怪しまれないように表情の管理をしていること。わざと少年が寝ている隣で話すことで、周囲の警戒度を下げていること。それを可能にする防音装置を服の中に隠して作動していること。何もかもが、場慣れしすぎている。この差し迫った状況で、上部も使えない人材を送り込んでくるわけがないが、見た目からは想像も付かない器用さだった。

こんな人材がいたなんて、初めて知った。

諜報に使われる人材は味方にすら顔と名前をさらさないが、コードネームやふたつ名は残る。きっと、彼女もそういう、本物の実力者なのだろう。

敵国の中心部に潜入しているイザーク自身もかなりの力量だったが、彼は衝撃を受けていた。

「こいつの面倒なら、オレに任せてくれればいい。これでも、弟と妹たちがいたんだ」

「そう。同じだね。わたしにもこれくらいの弟がいたよ」

そう言って、皮剥きを終えた手を服で拭くと、ラゼはダンの頭を撫でる。

「ちょっと髪を整えたほうがいいみたい。このナイフ、借りていいかな」

「もっと切れるやつを貸してやるよ」

イザークは肩をすくめた。

「ありがとう。──ダン。起きて。テントに戻ろう」

「ん。う、ん」

ゆっくり起き上がる彼に向けるラゼの眼差しは姉のようだった。

◆

質素な夕食を食べながら、静かなテントの中で革命派の大人たちは話題を探す。

「そういえば、ザエルが拾って来た女の子、本当によく働くね」

「他に行く当てがないからでしょう……」

ダンの世話を見ながら働くラゼに、大人たちは口をそろえる。

状況が芳しくない今、彼女たちの話題が彼らにとっては息抜きになっている。

そうと分かっているから、ザエルも黙って自分が拾ってきたふたりの子どもたちを見守っていた。

髪を切って、綺麗に身体を洗って食事をとるようになってから、ダンと名乗った少年の顔色はたった数日のうちにも見るからによくなっている。

オークションに彼がかけられていたときのことを思い出すと、今でも怒りが湧いてくるが、こうして助けられたことには純粋に安堵していた。

「――うう、わぁああ!!」

しかし。少年の呻き声が、彼の表情を引きつらせる。

「なんだ――」

驚いた大人たちを目だけで収めると、自分は立って声のする方に歩いていく。

「うぅっ、いた、い。やめて、やめてくださ――」

「大丈夫。大丈夫だよ」

悪夢にうなされる彼を抱きかかえていたのは、先ほどまで話題に上がっていた少女だった。

涙を流して身体を苦しそうに悶《もだ》えさせている彼を、悲しそうな顔で受け止めている。

「……うなされているのか」

「すみません……。うるさかったですか」

「ガキがうるさいのは当然だろーが」

ザエルはうなされ続けるダンを見て、ばつの悪そうな顔だ。

「一度起こします。何か温かいものでも飲ませて落ち着いてから、また眠れるか見てみます」

「……ここにいろ」

「……？　わかりました」

肩身の狭そうな彼女の物言いに、ザエルは小さく溜息を吐いてからテントを出る。

そして次に戻ってきた時、彼の手にはふたつ分のマグカップが握られていた。

「――あ」

目を覚ましたダンが、ザエルの姿を見て怯えた声を上げる。

「ほらよ。まだ熱いから冷まして飲め」

「あ、ありがとうございます。ザエルさんが用意してくださったんですか？」

「まあな。面倒みてたガキたちには、よくねだられた」

彼が用意したのは、ホットミルク。蜂蜜も入れて甘くしてあった。

「おいしい。……よかったんですか、大事な食糧なのに……」

たとえ、ラゼがこの拠点に残された物資を把握しきれていなくとも、ミルクや蜂蜜が手に入れにくいものだということは理解に容易い。彼女の遠慮がちな上目遣いに、ザエルは彼女の頭をその大きな手でがしがし撫でた。

「気にすんな。お前らは、何も考えずに喜んで飲んでればいい」

「本当に優しいお兄さんなんですね。ザエルさん。……ほら、ダンもゆっくりふーふー冷ましてから飲んでごらん？」

「う、ん……」

ふう、ふう、と。呼吸を落ち着かせながら、ダンは両手で握ったカップにそっと口を付ける。

そして、こくりをそれを一口飲むと。

「……ダン？」

「な、に、これ。舌がとけちゃうよ？　おねさん……」

「はは。甘いって言うんだよ。美味しいでしょう？」

「あ、あまい。……すごく、おいしい……」

ダンはポロポロ泣きながら、両手で掴んだカップを見つめていた。

「わたしの分も飲んでいいよ。あ、火傷しないようにゆっくりね」

彼らは何も罪のない子どもだというのに。

身を寄せ合って理不尽に耐える彼らに、自分はこんなことしかできないのかと。

ザエルはそっとテントを出ようと踵《きびす》を返す。

「あっ、あのっ……」

そんな彼を引き止めたのは、先ほどまでうなされていた少年で。

「あ、ありがと」

「……おうよ。それ飲んでさっさと寝ろ」

大人の男に抵抗があるに違いないだろうに自分に礼を言う彼に、ザエルはそのぶっきらぼうな口調とは裏腹に優しく綻んでいた。

◆

「乗り込むぞ」

クーデターの決行は、ラゼが潜入した一週間後だった。

物資補給のスクロールもうまく彼らに届けることができた。フーリエ産の紙やインクを用意するために、拠点を離れて準備するのはイザークたちの協力で上手くいった。ダンに勘繰られるかもしれないリスクがあったが、ラゼが言い聞かせれば彼はきちんと言う事を守り、決してわがままは言わなかった。

外に出たついでに、まだ拠点の位置を割り出せていない仲間たちに情報を伝達。彼らには帝都と城の動向を監視するように配置の再編成を行い、次の招集に備えていた。

ラゼがメッセンジャーとしての役割を果たしたおかげで、今度は後れを取ることはない。

ここからは、決して失敗が許されない。革命軍の拠点は嵐の前の静けさだった。

「――オイレッタ。お前は残って、ガキどもを見てろ」

「っ!?　ザエル！」

ザエルに残れと告げられたオイレッタは目を見開く。

深夜、ダンの隣で寝たふりをしていたラゼだが、彼らの動向に耳を澄ませていた。

（……オイレッタ、ねぇ……）

出会って早々邪推するものではないが、ザエルの方は彼女のことを大切に思っているのだろう。

シアンの密偵として素性を隠しているオイレッタの動揺は、果たして演技なのか――。

何にせよ、彼らや自分たちの足手纏いになるなら、この件からは手を引いてもらうことになるが。

「アタシも行くわ！　ここまで、ずっと一緒にこの国を変えるために戦って来たんじゃないっ」

「命令だ。城に乗り込むだけがこの作戦じゃない。お前は残って次に備えろ」

「……次って……」

オイレッタは返答に窮する。

――まあ、次なんてないことは明瞭である。

戦える人間が残されていない。ほとんど出兵して死んでしまった。魔石を持たない帝国民が「石持ち」に敵うわけがない。そうすればもう、皇帝や魔石の所持者の言いなりとなって生きるしかなくなる。ディストピアの完成だ。

「そもそもテメーは戦闘向きじゃねぇだろ」

「…………分かった、わ……」

「悪いな」

ザエルはオイレッタをここに残す口実にするためにラゼとダンを連れて来たのだろう。

運良く、彼女はこちら側の人間なので、見張られることになっても問題はない。

「……手筈通りに。覚悟決めとけよ。バカやろー共」

ザエルの投げかけに、それまで黙って話を聞いていた仲間たちが「オメーが一番の大馬鹿野郎だ！」と押しかけていくのが分かった。

静かだった洞窟の中で、酒盛りが始まる。

明日、死ぬかもしれない。これが最後の晩酌になるかもしれない。誰もが頭の端で考えているだろう。

ダンの隣で、ラゼは開いていた目を閉じる。

（必ず成功させて帰るよ。だからそれまで、みんな無事でいて――）

死ぬ覚悟なんて、今更わざわざすることでもない。

そんなことより、きちんと仕事を完遂して一秒でも早く国に戻って、部下たちの安否を確認することのほうが大切だった。

帝都には巨大なモニターがいくつも配置されている。

国民はあの画面からしか情報を得ることを許されず、何が正しい情報かなんて分からない状況だ。

その日は、次の出兵について勇敢で名誉であることを強調する放送が流れ続けており、どこかから啜《すす》り泣く声が聞こえる朝で幕を開けた。

城の門には徴兵された人間たちが、重い沈黙をまとって並んでいる。

「相変わらずクソみてぇな朝だ」

「本当ですね」

「────────あ？」

濁点のついた声がこちらを振り返るが、ラゼは真顔のまま。

「オイッ。どうしてこのガキがここにいやがる」

潜入を見計らっている集団に我が物顔で参加していた彼女に、彼らは虚をつかれた顔をしていた。

「……すんません。気が付いたら、付いいてきてて……」

イザークがどうしようもないんだと困った顔で答えるが、ザエルが納得する訳もなく。

「バカなのか？　今すぐに、ここから消えろ。ったく、オイレッタは何して……。まさか……」

「オイレッタさんには黙って来ました。わたしはわたしで動くから、気にしないでください」

頭に鍋を被ると、ラゼは取手の部分に紐を通して首の下でそれを固定する。

ついでにおたまとフライパンも持って来た。

間抜けな姿で戦う気満々だと彼女が胸を張ってみせたところ、人を殺せそうな睨みが飛んでくる。

「……ザエル。そろそろ」

しかし、今は一瞬の判断も遅れることはできない。

「みんな生きて帰るんですよ。じゃないと意味がない」

ラゼの言葉にザエルはぐっと言葉を飲んだ後、ひとつ溜息を吐いた。

「分かってる。ませたガキだな」

このクーデターが終着点と勘違いされては困る。

ザエルの返事を聞いて、ラゼは満足気に笑ってみせた。

「――いくぞ」

男の一声で、一世一代の勝負が始まる。

城の門が開くのと同時に、男たちが中に駆け込む。

一番視覚的に破壊力が伝わりやすい火魔法で、反撃の狼煙《のろし》が上がった。

別働隊はこの日のために集めた袋詰めされたチャームと武器を、徴兵された人々に振り撒いた。

兵役で魔石の使い方を学んだ者たちは、すぐに飴玉のように防護紙に包まれた指輪やネックレスのチャームに自分の血を塗る。

「オレに続け！」

拡声器で声を張り上げるザエルに、次々と同志が集う様子は壮観だった。

――ただ、これは陽動であり、本命はイザークが率いていた。

編成には、火器を扱える手練《てだ》れのみ。

この城の建物内では、魔法が無力化されてしまうため、まずイザークたちが魔石と思考のリンクを妨害する装置を破壊するしかなかった。

装置の場所については、この城の地下だと割れている。

トマは目を潰されてしまったが、透視が得意型だったおかげで、見えないものまで見通せた。

ラゼはトマが城の地図に状況を示す駒を動かすのを見ながら、魔法が使えるようになるまで待機する。皇国軍人は伊達じゃない。たとえラゼがいなくとも、任務を遂行させるだけの準備はコツコツと積み上げられてきていた。

「……魔物が放たれてるな。やっぱりあのピエロ、操作系の魔法を使うみたいだ」

トマの呟きに、ラゼは地図を見下ろした。まだ、イザークたちは深部に届いていない。

果たして、こちらだけ魔法が使えない状況で、どこまで行けるか……。

（……本当に、これしか策はないのか……）

魔法が使えないことは、ラゼにとって致命的だ。

ここで待っていることしかできないなんて、あまりにも無能すぎる。

視認できる場所なら難なく飛べるが、飛んだ先で魔法が使えないのなら、この少女の身体では役に立たない。

（装置が視認できれば、簡単に壊しに行けるのに）

ラゼはここではないどこかに顔を向けるトマを見て考える。

「…………あ」

そして、気がついた。

（物資を送り込むことだけはできる。主要メンバーにはマーキングしてあるから、そこに向けて武器を送ることだけなら、今の私でも）

何故こんな簡単なことに気が付かなかったのだろう。

魔法が使えなくなるのは、範囲内に入った魔石使用者だけだ。範囲じゃない場所にいるトマは城の中を簡単に覗くことができるし、ラゼだって魔法が使える。

この混乱の中であれば、武器を送り込んだ人間探しなんてそう簡単にできないだろう。

まずは、帝国にもらった爆薬をテレポートさせる。

シアンとの繋がりが分からないような武器なら、諜報部時代に集めたものがあった。

ラゼはトマの隣に座ると、駒の動きなどを見ながら魔法を使用する。

いきなり空中から武器が降ってくるのには驚かせるかもしれないが、敵だとは思わずに利用して欲しい。

「――――イザーク、後ろだ！」

トマが叫ぶのが聞こえて、ラゼはハッとする。

すぐにテレポートを切り替えて、イザークの背後に盾を送り込む。

何が起こっているのか分からないが、彼が危ないということだけは声が届くはずがないのに叫んだトマの反応で理解できた。駒の向きを確認して、イザークの背中に盾が現れるようにイメージする。

「――!?」

トマが驚きに目を見開いた。

助けられたのか、それとも余計なことをしたのか。

ラゼにはそこまで判断できないため、気が気ではない。

「イザークさんは？」

「……ぶ、無事だ」

何が起こったのか分からない。とでも言いたげな様子である。

悪手にならなかったのは単に運が良かっただけだが、何もせずに死んだと伝えられるよりかはマシだった。

（……次はもっと楽にできる。私も状況を正確に把握できればフォローしやすいんだけど……）

鼻の奥がツーンとして、ラゼは服の袖で押さえる。

マーキングしてあるとはいえ、見えない場所への転移は気を遣う。全て頭の中でやらなくてはならないから、疲労感がいつもより酷かった。

実際に身体を動かす方がイメージしやすく、まだまだ自分の弱さを思い知らされる。

（……相手の邪魔はできる。土塀で廊下を塞ごう。最悪、爆薬を送り込めば壊して戻れるだろうし）

ラゼはペンを持つと、地図に塞ぐ場所を書き込む。

「おい、嬢ちゃん。邪魔すん……な……？」

トマを守るために残っている仲間に止められるが、ラゼの異変に気が付いた彼は言葉を窄《すぼ》める。

鼻を押さえる袖が赤くなり、必死な形相をしているのには、鬼気迫る迫力があった。

「そのままでいい」

トマはそう告げて自分用にでも用意していたのか、手拭いをノールックでラゼに押し付ける。

「……ありがとう、ございます」

遠慮なく使わせていただくことにして、ラゼは作業を続けた。

「ここ、いけるか」

「はい」

彼女がやっていると確信したトマから指示がもらえるので、必死になって廊下を塞ぐ。

イザークから離れすぎると空間座標の定義が難しくなるので、指示された場所に土塀を出すのは至難の業《わざ》だ。

物体をどこに出現させるか——なんて、移動魔法を簡単に使っている人間は深く考えたことなどないだろう。

大抵、手元や足元、身体の近くにテレポートさせるのが普通で、皆がそうイメージする。

しかし、その距離、範囲を引き伸ばせば、今みたいな使い方だってできるのだ。

無茶苦茶なことをしているのは、鼻血が出ている時点で悟っていたが、見つけたのなら使わない手もない。

難易度的には、右手でピアノを演奏し、左手で電卓を叩くくらいのことをしているが、ラゼは決して仲間を分断させるような失敗だけはしなかった。

「あと少しだ。耐えてくれ」

「だいじょうぶ」

索敵に特化している能力とはいえ、トマだって無理をしている。

曲がりなりにも狼牙だなんて称号をもらっている自分が先に倒れるわけにはいかない。

イザークたちの駒が、目的の場所に到達する。

壁を爆薬で破壊するのを援護しながら、ラゼは歯を食いしばった。

「——壊れたぞっ」

装置が壊れた合図に、空に狼煙が上がった。

汚い花火だ――なんて思いながら、ラゼはそれを見つめる。

夏はみんなで綺麗な花火を見上げていたのに、ひどい落差だ。

「……助かった」

「どう、いたし、まして……」

ぐらりと倒れた身体を、トマが支えてくれた。

(あとは、確実に奴を捕まえないと……)

マーキングさえ。印さえ付けられれば、こちらの勝ちだ。

こんなところで寝ている場合ではなかった。

◆

ところ変わって、帝都城内。

「城の中では魔法は使えないはずでしょ!?」

爆音が鳴り響く中、先読みの巫女は叫ぶ。

こんなはずではなかった。

ここは覇王グレセリドが君臨するマジェンダ帝国の心臓。

乙女ゲーム「ブルー・オーキッド」では、この城が攻め込まれる描写など存在しなかった。

正しい歴史を辿っていたなら、セントリオール皇立魔法学園の卒業式で悪役令嬢カーナ・フット・モーテンスが魔物化し、それをヒロインがメインヒーローのルベンと共に打破。

カーナが魔物化したということについては、そういう呪いにかかってしまった。という抽象的な理由で片付けられ、こんな風に戦争が始まるなんてことにはならなかったはずだった。

ここは、乙女ゲームの世界。

敵国の皇帝――なんてお誂《あつら》え向きなキャラ付けのされた顔のいい男がいれば、それはきっと何かしらゲームに関わる人だろうと。

その男は自分の知る「ブルー・オーキッド」には出ていなかったとしても、学園に入ることができないのなら、こっちの大物と物語を進めてやろうと。

エリナは野心という原動力だけで、敵国に渡ってここまで成り上がった。

「何よっ。本当の悪役はわたしたちの方だった、とでも言いたい訳!?」

貴族制度なんていう古臭いクソみたいな制度が残っているあの国で、彼女は虐《しいた》げられた。

もちろん、まだ地球で生きていた頃からすれば、中世ヨーロッパ風の世界観によくある身分差に視点をおいたエピソードが、平民のヒロインと攻略対象者たちの恋路を燃え上がらせるのは最高だった。

ゲームで見ているだけなら。

しかし、何の取り柄もないモブとしてあの国に生まれてみたら、どうだ。

同じ人間だというのに、貴族という身分がなければ見下され、蔑《さげす》まれ。平民なら平民なりに自重して働けと。

地方の田舎で育った彼女は、華やかな都に出ることすら叶わず、畑仕事の手伝いばかりをこなす日々を送っていた。

セントリオール皇立魔法学園に入学した攻略対象者たちが全員、カッコいいのなんて当たり前なのだ。

幼少期から勉強のできる環境で育んだ知能と健康な肉体、身分が揃っていなければ、あそこには入れない。

選りすぐりの金の卵しか、あの舞台には上がれない。

――そんなの、理不尽だ。

勉強のできる環境にはいなかったが、エリナは転生者。

伊達に義務教育を受けてきたわけではなく、機会さえ掴めれば、自分だって学園を受験するくらいの権利はあったはずだった。

地元の貴族に邪魔をされなければ、こんな道を選ぶこともなかった。

「あいつらが、わたしの道を踏みにじったせいで――」

エリナは拳を握りしめる。そして歯を噛み締めた。

地方領主のご貴族様は、自分の娘より優れていたエリナのことを見過ごさなかった。クソみたいなプライドに阻まれて、彼女は試験会場にたどり着くことができなかった。

それまで前向きに自分の境遇を耐えていたが、もう無理だった。

このままここにいても、自分の幸せは掴めない。

二度と身分のせいで見下され、惨《みじ》めな思いをしたくない。

だから——やられる前に、やってやる。

甘えるのはやめて、自分でゲームとは違う道を切り開くしかないのだと。

彼女は努力して、長年の敵国に乗り込んだのだ。

「……やっと、掴めたと思ったのに……」

帝国に来たことを後悔なんてしていなかった。

この国にも貴族という身分は存在していたが、帝国に取り込まれて旧制度が解体されるような社会では、身分なんてただお飾りの肩書きでしかなく。

本当の意味で成り上がった者が、身分関係なく尊重される風土が、エリナは好きだった。

そして、この大陸を統一し、平等に資源が行き渡る世界を目指す、あの馬鹿みたいに欲しがりな男に出会えたことが、今世の誇りだった。

「こんなところで、終わらない。——終われないのよ」

「巫女様!?　どちらへ!?」

メイドに引き留められるのも無視して、彼女は部屋を飛び出す。

向かった先はあの男がいる玉座の間。

「——っ」

入った瞬間に異臭がして、エリナは思わず口元を袖で押さえる。

そこにはまた、死体が転がっていた。

この世界に来てから、人の亡骸《なきがら》を見たのはこれで一体何度目になるだろう。

もういちいち嘔吐することもなくなって、ただ不快な気分をやり過ごす術《すべ》を覚えてから、人の死というものがありふれたものになってしまった。

「誰だ？」

ぎろりとグレセリドの瞳がこちらを向いて、エリナは後退《あとずさ》りそうになる足を止める。

「わたしです」

「――なんだ。お前も死にに来たのか？」

自嘲混じりに笑うその男の目の下には、クマが滲む。服には血が飛び、握った剣から血が滴《したた》り落ちていた。

エリナは彼がまともに眠っているのを見たことがなかった。食事だっていつも適当。入浴だって諦めてるのか、魔法で済ませる。

簡単に酔うこともできず、いつも酒を片手に握り、正気を保っている哀れな男だ。

前王を殺して、大陸統一のために心を砕き続けたこの男は、今となっては暴君の名に相応《ふさわ》しい。

まあ、頭のネジが飛んでいなければ、国取りなんてできないだろう。

エリナ自身、自分がこの国に来ようとしたことが正気の沙汰ではなかったことを自覚している。

レールのない道を進むのなら、それくらいの犠牲は当然なのだ。

だから、この男も、自分の首を絞めながら、ここまで来てしまったのだろう。

他国をまとめるために支払った犠牲が、自分ひとりでは抱えきれずに己を押し潰すことを承知の上で。

変革に犠牲は付き物だ。

たとえ自分の代で目標を掴めなかろうが、この暴君は自身の志を貫き通すのだろう。

「死にたいのは、あんたのほうでしょ」

エリナは告げる。

「……………ほう？」

深く地を抉《えぐ》るような一音が、彼女を睨んだ。

これまで猫撫で声で「グレセリド様」と呼んでいたエリナの変貌ぶりは、いっそ清々しい。

「引き際が分からなくなっちゃったんでしょう。後戻りできないところまできちゃったんでしょう。失ったものが多すぎて、何も信じられないんでしょう」

こんなところで諦められてたまるか。

この世界を獲ろうとしたのだから、ひとりで抱え切れる訳がないのに、仲間さえ遠ざけたこの男は本当に愚かだ。救いようがない馬鹿野郎だが、それでもここで死ぬなんて許せない。

エリナは前に出た。一歩、また一歩と。

血を滴らせた剣を握った男へ、彼女は真っ直ぐに向かう。

「来るな」

「嫌なら斬ればいい。今までそうしてきたように。そこに転がってるピエロみたいに」

「五月蝿《うるさ》い。何を勘違いしてるのか知らないが、本気で殺すぞ」

「知ってる」

自分を特別な存在だと思って、裏切られてきた。

今更、そんなこと言われなくても、簡単に消えるモブだということくらい分かっていた。

グレセリドが眉間に皺を刻むのを見ながら、彼女は目の前までたどり着いた。

そして――バチンっと。

迷いなく、腑抜《ふぬ》けた顔をしている男の頬に平手を見舞う。

「やるなら、最後まで暴君をやり通しなさいよ！　わたしはこの国に来ると決めた時から、あんたにこの身全てをベットしてるのよ！」

握った剣を振ることもなく、ただされるがままに叩かれたグレセリドは、黙ってエリナを見下ろした。

「……賭け方も知らないのか、お前」

「そっくりそのまま返すわ。その言葉」

グレセリドの冷静な物言いに、エリナは堂々と言い返す。

――何故、誰もこの死にたがりに気が付かないのだろう。

自分が生きているうちには変えられそうにない未来を変えようと、この世に絶望しながら人生というクソゲーを噛うこの男のことを。

「わたしに手を上げるなんて、よほど死にたいらしいな。先読みの巫女？」

「悪いけど、死んでやるつもりはないわ。あんたは最期《さいご》を待ってるみたいだけど」

にこりと笑ってやれば、男は口を閉じる。

「――それも予言か？」

次に選ばれた言葉に、エリナは臆面もなく「そうよ」と言った。

無論、彼女は乙女ゲームのシナリオを知っているだけで、本当に予知の力があるわけではない。

力を認めさせる為に、予言にとれるような予測をしたことはあったが、ただのイカサマ。自分に人の未来をみるような力はない。

ただ、この男がこのままだと死ぬことなんて簡単に分かった。

その時だった。


ジジッと、目の前の景色にノイズがかかる。


「――――え」

今まで経験したことのない視界に戸惑う間もなく、飛び込んできたのは、何本ものフィルムが再生される別世界。

「――い。おい、先読み」

自分が飛び込んだと表現するのが正しいと気が付いたのは、グレセリドの声が耳に戻ってきた後だった。

片手で肩を揺らされて、エリナは我に返る。

「い、まの……」

どこぞのアニメの演出で使われそうな、現実の場面を流したかのようなフィルム。

その内容を、彼女は理解できた。

あれは、未来の可能性。これから起こるかもしれない出来事の再生――。

全てを見切ることなどできなかったし、断片的な映像だった。

正直、見たくない展開ばかりで泣きたくなった。

それでも、少しでもこの先を変えられるなら、その可能性に賭けなくてどうする。

「あんたひとりでは死なせないから」

エリナは肩に置かれた手を握った。

「…………何故？」

「そんなの、わたしひとりじゃこのクソみたいな世界を生き延びれないからに決まってるでしょ」

自分の力量は自分がよく分かっているつもりだ。

戦闘については才能がなかった。だから、この国で一番人を殺してきただろうこの男ほど用心棒に適した人材もいない。

「ここから一番マシな未来を掴みたいなら、わたしにあんたの全てを賭けなさい」

グレセリドの心臓を指さすように胸に手を置き、エリナは宣言する。

「────ふっ。アハハハハッ」

男は何を血迷ったのか、笑い声を上げた。

「な、何笑ってんのよ！　わたしは本気で────」

「ああ。分かった」

グレセリドは血の付いたままの手で、エリナの手を上から握る。

「こんな子ども騙しみたいな賭けは初めてだ。……それに誰かに自分の命運を託すってのも、たまには悪くない」

グレセリドは笑っていた。

果たしてそれが、諦観からくるものか。本当に楽しくて笑っているのか。

エリナには分からなかった。

◆

頭に鍋を被り、片手にフライパンを握りしめ。ラゼは城の中に乗り込んでいた。

魔法が使えるようになってから、場は混沌を極めている。

「魔物に傷はもらうなよ！」

「ここからは腕に自信のあるやつだけ付いて来い！」

ザエルの一派が先導し、城の奥へ奥へと切り込んでいく。

帝国は兵役制度によって、魔石の扱いを学ぶ。才能があればそのまま兵士として鍛えられる。そこに本人の意思は関係なく、家族や恋人は人質に取られるような状態で、彼らは駒になる。

ただ、今ここにいるのは、家督を継がない若手ばかりで戦闘経験もほぼ見込めない人材ばかりだ。

――と、ラゼは聞いていた。

「行けぇええ！　今日、この瞬間のために俺たちは生きてきた!!」

戦場に送り込まれる予定だった、軍服を着た青年たちは決して弱くなかった。

臆せず魔物に魔法を放ち、前進を続けている。

「ああ。あんたがザエルさんか！　本当にありがとう。うちの兄貴を助けようとしてくれて！」

「俺の母親もあなたに感謝してた！　逃がそうとしてくれてありがとう！」

「ここは僕たちに任せて、先に進んでください！　親父の分も長生きしてくれよ！」

必死に剣を振るい続け、味方を見捨てられずに魔物に足止めを食らうザエルに声が集まる。

「……おまえら……」

彼を行かせようとする帝国兵たちに、ザエルは唖然としていた。

「行こう。ザエル」

「――チッ。くそが。おまえらぜってぇ、こんなところでくたばるんじゃねぇぞ!!」

仲間に背中を叩かれたザエルは、そう叫ぶと前を向く。

そして、たとえ後ろで悲鳴が聞こえても、もう振り返らなかった。

(……出兵しなくて済むように、逃がそうとしてたことをちゃんと知ってる人がいるんだ)

ラゼは息をひそめてその様子を陰から見守っていた。

これだけの支持を集めるあの男には、ここで死なれるわけにはいかない。

必ずグレセリドを捕まえて、彼には表舞台に出てこの国を変えてもらわなければ。

ラゼは諜報部時代のテクニックを駆使し、ザエルたちのフォローをしながら後を追った。

「くそっ。やられた!　幻影体だ!」

だが、相手も必死だろう。簡単に捕まってはくれない。

やっとの思いでたどり着いた玉座の間に残されていたのは、ダミーだった。

学園祭でも先読みの巫女が使っていた幻影体が残されているだけで、もぬけの殻だった。

「隠し通路を見つけたぞ‼」

玉座の下に隠された地下道が開かれ、次々に男たちが乗り込んでいく。

これがブラフか否か。行ってみなければ分からない。

ザエルがそちらに向かったのを見送ってから、ラゼは逆に城の中を探し始める。

(そう時間は経ってない。一体どこから抜け出したんだ……)

トマの透視が出し抜かれたのが気になるところだ。

彼の能力で見つけてもらえれば簡単なのだが、残念なことに連絡手段はなかった。

革命派のリーダーがきっちり片をつけてくれるなら、それ以上望むことは何もない。

ザエルがあの暗い地下道の先で、皇帝を押さえてくれれば自分の役目は終わりなのだ。

「——ハリおねぇさんっ」

「は⁉」

城を走り回っていれば、急に後ろからちびっ子に抱きつかれるものだから、ラゼは心底驚いた。

「き、君！　どうして、こんなところに⁉」

下を向けば、拠点に置いてきたはずのダンが腰に腕を回している。

「オイレッタって人、どっか行っちゃった。ひとりで待つのいやだから、きた」

ぐりぐりと頭を擦り付けられ、ラゼは困惑した。

「オイレッタさんが……？」

頭を撫でながら、ダンの言うことについて考える。

(ザエルの助けに入りたかったのか？　……それでも)

演技にしたって、やりすぎだ。深入りしすぎている。

彼女には拠点で情報の集約をしてもらい、事態が収まり次第、すぐにでも皇国にその情報を送るという役目があった。

それを放棄されては、仲間として数えるわけにはいかない。

「……とにかく、ここを一回出よう。いつ崩落してもおかしくない……」

集った国民の怒りがぶつけられた城は、これまでの無傷が嘘のようにズタボロだ。

ラゼは自分の被っていた鍋を彼の頭に被せると、しゃがんでダンを背負う。

「この足で、よくたどり着けたね……」

「うごけって、自分にいえばうごく」

「…………そっか……」

悲しい魔法の使い方だ。

無理やり動かすことができても、足が治っているわけではない。状態が悪化してしまう。

しかし、ラゼに彼の面倒を見切る余裕はない。

いざとなれば彼を見捨ててでも任務を遂行しなければ、オイレッタと同じだ。

「皇帝、まだみつかってない？」

「うん……」

いっそのこと、出口を全部土壁か何かで塞いでおけばよかったか？

ほぼ不可能だと分かっていたが、そんな考えが頭をよぎる。

(グレセリドがもし私と同じ移動系の魔法が使えていたら、もう手遅れかもしれないのに――)

日常でも使われる生活魔法なんて分類に入る、適性が少しでもあれば誰でもお手軽に使える魔法だ。

ラゼと一緒に追加人員として帝国に配置された三人は、全員探知系の魔法に特化した者たちだったが、彼らはうまくやってくれているのだろうか。

(こういう時、ジュリアさんと組めればなぁ……)

カノジョほど探知に優れた人をラゼは知らない。

弱音は心の中だけにして、ダンを背負い直した。

攻撃で城が揺れる中、ふたりっきりで対象を探しながら外を目指す。

「おねさん。あっち」

「……え？」

すると、ダンが徐《おもむろ》に片手をあげて道を示した。

彼の指さすほうにあるのは廊下の突き当たり。

「あそこ、かくしとびら」

「ッ⁉」

唐突に重大な情報を言われるものだから、つんのめりそうになった。

「な、なんで？」

足を止めて、ラゼは背中の少年を振り返る。

「……ぼく、得意な魔法、みっつある」

「……えっ」

「魔石がみっつ、ぼくのからだの中にある」

「…………………」

酷い話だ。ラゼは唇を噛む。

人間が魔石を取り込むと、下手すれば魔物化する。

石を飲み込んでしまったケースや、自分の身体の中に埋め込んだ事例はいくつか知っていた。その
どれもが、魔石は人体にとって有害であるという結論を導き出している。純粋に毒なのだ。だから、

必ず何かしらの処理が施され、チャームという安全装置に嵌《は》め込んで魔石は管理される。

それが、この少年の身体の中には三つもあるときた。

「あっち。あしあと、みえる」

「………分かった」

なんの手がかりもなく探しているのなら、ここは彼の言葉を信じてみるのも同じだ。

ラゼはダンの示した道にかけてみることにした。

行き止まりの壁の前で立ち止まり、どうやって開けるのかを調べる。

少年を一度下ろしてから、地面と壁の接触面に触れた。

「……ここ、押せる……」

カチリと装飾を押し込むと、目の前の壁がスライドした。

「これはッ！」

現れたのは、壁に嵌め込まれた多数の魔石と緻密《ちみつ》な魔法陣。

――転移魔法の陣だった。

それも一度しか使えない。使い切りの陣。スクロールの特大版だ。

何層にも壁が分かれていて、装置を動かすまで完成しない仕組みの魔法陣だった。

(これだから、転移魔法はっ)

ファンタジーの創作物にはよくある魔法だ。

こうして簡単に利用されるのも仕方ない。

文句を言っている場合ではないと自分が一番よく分かっているから、ラゼは魔法陣の解読に入る。

こうなると、一分一秒が無駄にできなかった。

ラゼ・シェス・オーファンは移動魔法の使い手。

移動魔法に関することで負けは許されない。

この魔法陣を自分に落とし込んで、マーキングとして再利用する。

「……わたしはここから先にいかなきゃならない。……君は、どうする？　もしかすると死んじゃうかもしれない」

「いく」

即答され、ラゼは解読しながら苦笑した。

「よし。ついてきな。この国の最後をみせてあげる」


魔法陣の逆探知を終え、再構成に成功した彼女が次に目を覚ませば、目の前に剣が迫っていた。

「――っ!!」

間一髪。避けた瞬間、距離を取る為に次の場所に飛ぶ。

「後ろよ！」

しかし、ラゼの移動先を読んだ女性の声が響き、剣を振るう男はノータイムで回転斬りを見せる。

三つ編みにされた長い緑の髪が、蛇のようにうねった。

「くっ」

ダンを背負ったまま、ラゼは何とかそれも回避する。

長い前髪が少し切れてはらりと風になびき、彼女の頬には赤い線が入る。

「はっはっはっ。本当に子どもがふたりで乗り込んできたな！」

男は楽しそうに笑って、剣を構え直す。

ラゼは乱れた髪の隙間からその男を見上げる。

（――見つけた。まだいた）

標的が手の届く範囲にいる。

そのことに何よりも安堵した。あとは地獄の果てまでも追いかければいいだけだ。

警戒しながら周囲の状況を把握する。

そこはどこかの教会のようだ。廃れてしまい、備品は壊れて埃《ほこり》を被っていた。ステンドグラスから差し込む光がキラキラとその塵《ちり》を照らしている。

「大人しくしてるって約束できる？」

「……うん」

少年は自分からラゼの背から降りた。

初めて見たグレセリドの剣術は驚異的だった。

ラゼも色んな武人を相手にしてきたから、直感で理解できる。あれは化け物だ。

身のこなしに無駄がなく、先読みの巫女の指示を聞きながらすぐに対応できる筋力がえげつない。

イアンと同じ天賦《てんぶ》の才を感じさせるが、こちらは肉体も完成して、自分の剣術を体得している分、全く隙を感じさせない。

すこし反りのある三日月のような太い剣を、軽々回して片手は腰に置いて構えている。

距離感を鈍らせるような半身の構えも、強者の余裕すら漂わせていた。

基本、一撃必殺で急所を突くだけのラゼは剣術と呼べるようなものを持っていないため、こういう技を極めてきたであろう武人たちと真っ向勝負をするとなると多少の不利がある。

加えて、身体強化を使っていることは分かるが、肝心な得意型が分からないときた。

(ま。生態の分からない魔物を相手にするのと同じことか)

冷静さを失えば判断が鈍る。普段通りにやり切るだけだ。

(殺すのが目的じゃない。相手に触れて、マーキングができればいい)

ラゼは視界の中にいるもうひとりを見た。

先読みの巫女がまだ生きていることが少し意外だった。誰も彼も、あの男に殺されたと思っていた。

「グレセリド。そいつに触られないで。移動魔法を使われる」

「ほお？　どこかで聞いたことのある得意型だな」

むしろ結託しているように見えるのは気のせいか。

流石、敵国に乗り込んだ転生者さんだ。皇帝まで手中に収めるとは恐れ入る。

「……まさか、本当に予知魔法が使えたり？」

ラゼは挑発気味に言葉を吐いた。

「当然でしょう。先読みの巫女なんだから」

「転生者、の間違いじゃなくて？」

「――あははっ」

エリナは笑った。

「なんだ。やっぱり、あんたも転生者なんでしょ。モブさん」

にこりと微笑《ほほえ》む彼女に、ラゼは前髪を掻き上げる。

どうやらこちらがセントリオール皇立魔法学園にいたモブだということはバレているらしい。

口封じに記憶の操作もしてもらう必要がありそうだ。

面倒な仕事が増えて、ラゼは溜息を吐く。

「こんな形で会いたくなかったよ」

「ええ、わたしも」

せっかく会えた、同じ記憶を持つ者同士だった。

ラゼの中で次第に蓋を閉じてしまう前世の記憶を思い起こしてくれる稀有な存在のはずだった。

「悪いけど、あんたに捕まると負けらしいから。……ここでさよならよ」

「冷たいね」

ラゼは自分の手にナイフを取り寄せる。

殺す気はないが、剣を受け止めるためのものだ。

ぐんっと、グレセリドの身体が刹那に接近する。

ラゼは剣を受け流し、彼に手を伸ばす――が、空を切った。

届かないと判断した瞬間、ラゼは離れた位置に転移。

「ハッ。そうか！　そうかッ!!　お前か！　お前だったのか！」

彼女の動きを見て、グレセリドは声を張る。

「まさか首切りの亡霊が、こんなガキだったとはな!!　どうりで捕まらない訳だ!!」

狂気に滲んだ瞳をギラつかせた彼は、剣戟《けんげき》で畳み掛けてきた。

「――遠慮なく、殺せそうだ」

目があった数秒で、男はそう言って口角を上げる。

「っ！」

直後。ラゼの身体は地面に押し付けられていた。

何が起こったのか分からなかった。

急に立っていられないほどの重圧が身体にかかって、気が付けば地面に膝をついていた。

――逃げないと、斬られる。

咄嗟《とっさ》に転移をしたが、避けることができずに腕が深く斬られる。

「重力操作か――！」

「ご名答」

相手をするのは初めてだった。

前世の記憶がなければ、この能力をすぐに言い当てることなんてできなかっただろう。

厄介なことに、グレセリドは自分を中心にして重圧の防壁を張っていた。

これでは近寄ることができない――。

この男に触れた後、自分が死んだら意味がない。

試しに落ちていた小さな瓦礫《がれき》を彼に投げてみれば、透明な壁のようなものに阻まれたかと思った瞬間砕け散った。

グレセリドは自分の身体だけ自由に動くように周囲の重力を操作している。隙がない。

魔法を発動させる前に勝負を決めなければならなかったのだ。

再び重力で頭を押さえつけられそうになり、ラゼは転移する。

「おね、さん！」

そしてダンの叫ぶ声で、ラゼはハッとした。

教会の中を飛び回っていた彼女の先に、待ち構えていたかのように剣が迫る。

「そこよッ！」

飛ぶ先を読まれた――。

あの先読みの巫女が本当に予知魔法を使えるなんて、聞いていない。くそったれ。

上から叩き落とすように構えられた剣が、重力を加えて高速で降ってきた。

流石に狼牙のラゼといえど、転移先を予測されて、転移するのとほぼ同時に攻撃を出されれば避けられない。

移動魔法の使い手の死因の多くは、転移直後の事故。

だから、転移のマーキングは周囲の状況を詳細に確認して、ある程度安全であると確信が持てる場所にしかしない。

今の場合は、視界内の場所に転移しているためマーキングは関係ないが、移動魔法の使い手にとって、空間を飛ばすとはかなりのリスクだった。

——死。

その一文字が頭をよぎる。

人が死ぬのなんて一瞬だ。どんな強者だろうと、人間だったら必ず死ぬ時が来る。

ここでただの駒でしかない自分が死んだって、世界はきっと回るだろう。

「やめろぉ——!!」

少年の声が遠くに聞こえる。

痛みを認識する前に、熱を感じた。

左肩から斬られているのを現在進行形で理解する。

残念なことに結構深い。もしかすると心臓まで届くかもしれない。

ついに、自分も家族と同じ場所に逝《い》く時が来た——。

『ラゼちゃん！』

『ラゼ！』

『特待生！』

『代表！』

幻聴が聞こえた。

未練が産声を上げた。

何もできずに残してきたものが、自分を呼んだ。

ここで死んだら、彼らのいるあの国をもう守れない。

本能だった。

斬られて血が流れる右腕が動いて、剣を手で掴み。

反対の左手で男の二の腕を――掴んだ。

「つか、まえた」

瞬時にマーキングを打ち込む。

男が目を見開き固まるのを間近に見ながら、思いっきり頭に回し蹴りを入れた。

男が倒れるのを見送った後、エリナの元に飛ぶ。

「――なっ」

急に目の前に現れたラゼに、エリナはギョッとふらついた。

それを支えるように腕を掴み、彼女にも魔法を施す。

「またね」

手刀を叩き込み、別れの挨拶をして。

「――っ、はあ、はあ……」

それまで平静を保とうとしていた呼吸が一気に乱れた。ドッドッドッドと鼓動が今更激しく胸を打って苦しい。

一気に静かになった教会で、ラゼは少年の前に立つ。

彼の精神関与で、グレセリドの動きが止まった。

あのおかげでチャンスを掴めた。

「ありがとう。帰ろうか」

「おねさん。血が――」

ボトボト地面に広がる血を見て、ダンは顔を真っ青にして震えている。

「……大丈夫、じゃないけど。すぐ治しにいくから」

ラゼは少年の頭を撫でた。

アポートで通信機を取り寄せると、報告に移る。

「こちらヴォルフファング。対象のマーキングを完了した。記憶操作を要請する」

『了解。一度対象をＦ０３まで転移することは可能か』

「問題ない。二十秒後、転送する」

『了解』

無線を切って、ラゼは気を失わせたふたりを拘束しにかかる。

チャームを取り上げてしまえば、彼らに争う術はない。

「ハリおねさん。動いたらだめだよ。死んじゃうよ。こんなに血が……」

「君のおかげで心臓までいかなかったから大丈夫だって。……泣かないで」

ラゼは転移の魔法を発動した。

この世にアドレナリンが存在しているか知らないが、感覚が麻痺している気がする。不思議と斬られた傷が痛くない。

（あとは、この三人の記憶を操作してもらって。適当な場所に戻せば終わりだ）

この少年については、もしかするとシアンの機関で治療を受けることになるかもしれないが、ラゼと出会ったことは忘れてもらったほうがいいだろう。

たった数分の戦闘で、際限まで高められた感覚で脳は冴えていた。

この分なら、軍医に治療を受けてすぐに動けるだろう。

4 彼女の名は

「……なぁ。グラノーリはさ、ちゃんと弔《とむら》ってもらえたのかな……？」

ラゼが死んだとルカが伝えた二日後。

一度落ち着いたカーナとフォリアも集まり、アディスたちが突き止めた可能性について話し終えた後の沈黙を破ったのはイアンだった。

放課後の教室に染み入る彼の言葉に、全員が目を見合わせる。

彼女の葬式が行われたのかすら、彼らには分からなかった。

「……わたしが理事長に話をつけてくるよ」

ルベンがカーナの背中に手を添える。

彼が、そう言った直後だった。

「その必要はない」

いつから話を聞いていたのだろう。

教室の扉に、ハーレンスが立っていた。

その後ろには、ゼールの姿も見える。

「理事長先生。どうしてこちらに？」

このタイミングで現れたハーレンスに、ルカは訝しげな顔だ。

「ルベン・アンク・ローズベリとクロード・オル・レザイア。そしてフォリア・クレシアス。君たちに話があって来た」

ハーレンスは教室の中に足を進める。

ルベンの前で立ち止まると、彼は一枚の紙を差し出す。

「皇子。陛下から、戦地までくるようにとの連絡だ。転移準備はできてる。ついて来なさい」

「えっ」

驚きの声をあげたのは、カーナで。ルベンはまるでわかっていたかのような表情でその書類を受け取った。

もうすぐ戦争が終わる。現場を知る最後の機会になるかもしれないから、今すぐに来い。

要約するとそんな内容が書かれていた。

ルベンの側近としてクロードも一緒だ。

「そして、フォリア・クレシアス」

名前を呼ばれて、フォリアはよろりと立ち上がる。

「君の浄化魔法を必要としている軍人たちがいると、援助要請が来た。モルディール卿と話し合って決めなさい」

差し出された手紙を、フォリアはそっと手に取った。

彼女は封筒から書類を取り出し、内容を確認する。

そこには黒傷を負った軍人たちを治すために、自分のもつ貴重な魔法が必要であるということが書かれていた。

「――あ」

そして、フォリアは目を見開く。

二年前、初めてラゼと浴場に行ったあの時。

真っ黒な傷が彼女の身体にあったせいで、悲鳴を上げられていたことを思い出す。

フォリアはハッと、ハーレンスを見上げる。

「ここからはわたしの独り言だ」

彼は、彼女たちに背中を向けて呟いた。

「なぜラゼ・グラノーリが消えなければならなかったのかを知りたいなら、来るといい」

ハーレンスは全てをここで話してもいいと思っていた。

しかし、自分勝手に入学させ、大人の事情で退学した彼女について自分が語るべきではない。

彼は入り口に立ったままのゼールと顔を見合わせる。

事情を聞かされたゼールの顔は不満だと書かれていたが、ラゼのためにできるのはこれくらいしかないのだ。

「行きます！」

フォリアが、叫んだ。

「わたしにしかできないことがある。苦しんでる人を助けたい。ラゼちゃんのことを知っている人も、探したいッ」

彼女の瞳に迷いはない。

ゼールは反対しようと思っていたのだが、見たことのないフォリアの強い意志に、本音を押し殺す。

「フォリアが自分でそう決めたなら、止めはしない」

彼はフォリアの気持ちを尊重した。

ルベンとクロード、フォリアはハーレンスの後ろをついて行く。

バタンと重い扉が閉まった。

教室に残されたのは、カーナ、アディス、ルカ、イアンの四人だけ。

その状況を見て、アディスは拳を握る。

本当は自分も行きたかった。

しかし、行き先は戦場。子どもがでしゃばって行けるようなところではない……。

理性が、後を追おうとする自分を引き止めた。

――その隣を、揺れる紫の髪が通り過ぎる。

「カーナ嬢?」

カーナが、足の動かないアディスを置いて前に出ていた。

「何もしないことを選んで、後悔はしたくない」

前世の記憶を背負う彼女の言葉は、重みがあった。

カーナは名前を呼んだアディスを一瞥すると、開いた扉の向こうに行ってしまう。

「ッ、くそっ」

そんなことを言われて、黙っていられるわけがなかった。

ラゼが消えたと聞かされてから、彼に余裕なんてない。アディスは吐き出した言葉と一緒に体裁《ていさい》を捨て、ルベンたちの元を目指して飛び出した。

「僕たちも行くよ」

そんな彼の後ろに続き、ルカとイアンも走ってくる。

「怒られる時は、みんな一緒だな！」

隣に並んだイアンが、困ったような眉はそのままでにかりと笑った。


彼らは、既に姿が見えなくなったハーレンスたちが、どこで転移装置を使うのか、必死に探した。

それが校舎にある滅多に使用されない客室だとわかったときには、転移の準備は整っていて。

「カーナ⁉」

「みんな‼」

施錠されていなかったその部屋に飛び込んでいったカーナたちは、魔法が発動して光を放つ魔法陣の中に入ると、その場から消えていった。

◆

「わかっていらっしゃったのでしょう？　こうなることは」

ゼールが、転移装置を発動し終えたハーレンスに言う。

「……皇上陛下には、もう連絡してあります。今回の戦場は魔物討伐の経験がある軍人たちがあてられているので、彼らの護衛に騎士をつけてもらっています。それなりの安全は確保できているでしょう」

ハーレンスの発言は、ゼールの質問を肯定していた。

「あとのことは彼ら次第です」

決まりや立場に縛られる大人になってしまった自分に、ラゼを助けることはできない。

学生の彼らにだからこそ、できること、許されることがあるのは事実だ。

こちらにできるのは、責任を持つことくらいで。

彼らがラゼを探しに学園を出て行く可能性を考慮して、ハーレンスはすでに手を回していた。

この学園の理事長になってから、初めて皇弟という肩書きがあってよかったかもしれないとすら思えた。

遅かれ早かれ、ラゼの正体はいずれわかる時が来る。

ラゼがオーファンという名を持ち、「狼牙」という軍人だと言葉で伝えるのは簡単だ。

しかし、それがどういうことなのかを理解するのは、現場を見なければわからないだろう。

自分が、そうであったように。

だから、ハーレンスは彼らを行かせた。

彼女が一体どんな世界にいるのか、「狼牙」とはこの国にとってどのような存在なのかを見せるために。

「潮時でしょう。彼女は不本意かもしれないが、認められる時がやっときたんです」

ラゼ・シェス・オーファンは人生のほとんどの時間を、国のために日陰でずっと耐え忍んできた。

仲間や一部の関係者以外、誰にもその正体を知られることなく、「狼牙」という偶像だけが浮いていく状況に、不満をぶつけることもせず。

世に認められるだけの功績は、もう十分だ。

その名を知らしめる時は、満ちた。

「貴方《あなた》にとって、オーファンは特別な生徒だったのですね……」

ゼールの気付きに、ハーレンスは肩をすくめる。

皇上ガイアスに万が一何かあったときのためのスペアとして、影で生きてきた自分。

世間から評価されずとも、強かに生きるラゼに、思うところがなかったといえば嘘になる。

初めてラゼ・シェス・オーファンという人間を知ったあの日、すでに彼女に魅せられていたのだろう。

「今まで黙っていましたが、わたしは彼女の上司や教師である前に、『狼牙』のファンなんです。少しは肩入れしたくもなる」

それはモルディール卿も似たようなものでしょう。

フォリアのためにこの学園に入ってきたゼールに、ハーレンスは苦笑する。

ゼールも図星なので、彼を責めることはしなかった。

会話が途切れて、シンと静まった客室。

「彼らに、天の導きがあらんことを」

ハーレンスは、もう誰もいなくなった魔法陣に言葉を託した。

◆

グレセリドとエリナ、ダンに記憶の操作を施し、自身も軍医の治療を受けたラゼは、最後の仕上げに取り掛かっていた。

「——本当に動けるんですね……」

血まみれの服を着替えていると、驚いた顔の軍医が告げる。

彼女はあっけらかんとして自分の元まで来たが、相当の深手だった。

たとえ治癒魔法で肉体は治ったとしても、右腕は肩を上げることができず、肩から腹まで斬られた傷については寝込んでもおかしくないのに。

「あれくらい大した傷じゃありませんから」

ラゼは服を着替え終えると苦笑する。

「……私より、あの少年のこと、お願いしてもいいですか。右足が動かないみたいで。それに、魔石も……」

「ええ。それはもちろん診ますが……」

あの大怪我を大したことがないと言い切るなんて、普通じゃない。

その軍医は、怪我を負っても治癒魔法で回復し、まるでアンデッドのように死ぬまで戦場に行かねばならない軍人たちが病んでいくのを何度もみていた。耐えかねて自殺してしまった人間だって何人も知っている。

身体の傷は治せても、心の傷は魔法で治せない。

一体、どんな精神力をしていれば、正気を保っていられるというのだろうか。

とっくに壊れていてもおかしくない。否、壊れていないことのほうが異常だとすら思える。

まだ成人したばかりの少女だ。どう育ったら、死にかけたことを大したことではないと言い、敵国の子ども気にかけるなんてことができるのか。

「――？　何か？」

言葉を濁した軍医に、ラゼが小首を傾げる。

「い、いえ。こちらは任せておいてください」

「よろしくお願いします」

ラゼが去った部屋の中、軍医は机上のカルテを見下ろす。

そして、備考欄に筆を走らせるのは、精神面でのケアについて。

彼女のカルテにその内容が書かれたのは、それが初めてではなかった。

ラゼの診察に当たった治癒師たちのカルテが集められ、直属の上司であるウェルラインに提出されたことがきっかけで学園に入学することになったことを、本人は知らない。


ラゼはグレセリドとエリナを連れ、再びマジェンダ帝国に戻った。

壁の仕込み魔法陣はすでに見つかっていて、どこにふたりを転がそうか悩んだが、トマと合流できたので彼に場所は任せて言われた通りに転がしておいた。

一仕事を終えて、ラゼは帝都を抜ける。

圧政を強いてきた帝都のモニターには、城の惨状や戦況についてが流れている。

それを訴えているリポーターがオイレッタなのだから、ラゼからは乾いた笑いが溢れた。

(マジェンダのために生きることにしたってことかな……)

消されることも覚悟の上で、ザエルの役に立ちたかったのだろう。

次に会う時が彼女をどうこうする任務ではないことを祈る。

分かりやすく実況してくれるので、ラゼはきちんと最後までマジェンダ帝国が終わる瞬間を街で見届ける。

ザエルが拘束されたグレセリドの前で革命を宣言し、それと同時に終戦を望む声明を皇国に向けて残すのを確認した。

「ハリ」

「お疲れ様です」

トマやイザークはこの瞬間のために、何十年もの月日をかけてこの帝国で生きてきた。

シアンを支えるために人知れず危険と向き合っているのは、何も彼女だけの話ではない。

「……………あ」

モニターの中に見覚えのある顔があったから、ラゼは目を見張る。

それは、グレセリドとあのピエロのやり取りの中、胃を痛めていた男だった。

ひさしぶりに目にした部下の姿は、すっかり痩せてしまって、大変な現場だったということが嫌でも伝わってきた。

かつては避雷針に悩まされていたバハメット少尉が生きていることを確認して、ラゼは気を引き締め直す。

まだ、あの地獄と化した戦場で部下たちが戦っているのだ。戦いは終わっていない。

クーデターの成功を見届けて無事に生還しても、戦火がすぐに消えることはない。

統制を失っている魔物たちの処理が終わるまで、彼女たちの仕事は終わらない。

「最後の大仕事ですか」

マジェンダとの長い長い戦いに幕が降りたと速報が流れてシアンが歓喜に包まれるころ、彼らには大きな後始末が待っていた。

ラゼは戦場に戻ると、すぐに薄っぺらい服を着替えて戦闘服に身を包む。

手にはグローブ。足には刃が仕込んであるブーツ。魔物の急所を突き刺すためのナイフはいつでも手元にテレポートさせられるように、軍が数を用意してくれている。

準備は整った。後は動き回るだけ。

「狼牙殿。こちらを」

「……ありがとう」

希望に満ち溢れた目をした仲間から拡声器を持たされ、ラゼはそれを受け取る。

味方の士気を上げるために用意された、大きな青い旗を持つと、彼女は押し寄せる敵陣の背後に降り立った――。

◆

戦地に送られたルベン一行が見たのは、魔物と人が争う戦場。

一度はバルーダ遠征を経験したことがある軍の兵士たちにも疲労の色が見え、ただ襲ってくるバケモノたちとの戦況は泥沼化していた。

「帝国では先程クーデターが終わり、新勢力のリーダーが降伏を宣言した。後はここの掃除だけだ」

彼らの隣でそう言ったのは、ルベンを呼び寄せた張本人。皇上ガイアス・レジェン・アンク・ローズベリだった。

「すべてが終わる前に到着できてよかったな」

ガイアスは何も言えずに、戦場を見下ろす子どもたちに言う。

「終わるとおっしゃいましたが、戦況は厳しいのでは……」

ルベンは戦場を見て、訝しげに尋ねた。

相手の数がまだ多い。到底、すぐに終わるとは思えなかった。

「問題ない。そろそろやつが来る」

ガイアスは特に焦った様子はなく、落ち着いている。

後方にいる指示を出す側の人間たちにも、緊張感はあったが、焦りは見えなかった。

「やつ……？」

「お前たちもよく知ってるやつだ」

ガイアスは戦場から目を離さずに応える。

何かに気がついたようだ。

「よく見とけ。——でないと、見失うぞ」

困惑するルベンたちを置いて、彼はスッとそこを指差した。

火、水、風、土――あらゆる魔法が飛び交い地形が変わった戦場を越えた先に、鮮明な青が揺れる。

『皇国軍同志諸君！　帝国は死んだ！　――さっさと後始末を終わらせて帰るぞ！』

ガイアスが見据える先にいたのは、大きな旗を握る一際小さな身体の軍人。

拡声器から放たれるのは、聞いたことのある若い女の声だった。

「いま、の……」

――フォリアが、その声に目を見開く。

他のメンバーも反応は同じで、愕然としている。

そんなわけがあるか。

何かの聞き間違いでは？

顔にはそう書いてあった。

その軍人は、手に持った青い旗を両手で握りなおすと、敵陣だったその地に深く突き刺す。

強い風が吹いて、皇国軍の旗が兵士たちに顔を向けた。

その戦地で戦ってきた軍人たちに、勇ましい少女の声が誰のものなのか知らない者など、もういない。

「――代表だ」

「狼牙が。狼牙が帰って来たぞ!!」

気がついた男たちが、ざわめいた。

彼女が終わりを告げる。

それがどれだけ心強いことか、その喜びは計り知れない。

彼らにとって、「狼牙」は終わりの象徴だ。

いつも、争いを早く終わらせるために彼女は自ら危険に飛び込んで、自分たちを守ってきてくれた。

終わりの見えないこの戦いに、やっと光が差した瞬間だった。

たとえ彼女が何者かを知らずとも、「狼牙」という単語が彼らを鼓舞する。

「「オオオォォーーーッ！！！」」

男たちは吠える。

この戦いも、もうじき終わる。兵士たちの目に、熱い炎が灯った。

「ッ……」

その燃え上がった炎を地肌に感じて、ルベンたちにはびりびりと鳥肌が立つ。

彼らは今、何が起こっているのかを必死に理解しようとしていた。

しかし、思考は追いつかずに、答えを求めて視線はガイアスへと向かう。

そして――。

『狼牙』ラゼ・シェス・オーファン。シアンにやつがいる限り、この戦いに負けはない」

ガイアスが告げた事実に、彼らは言葉を失った。

「……ラゼ・シェス・オーファン……？」

彼女の本当の名を、アディスが初めて口にする。

どうして今回の戦争が始まったのか、彼らは知っている。

どこで戦闘が起き、どのような戦況なのかも、紙に綴《つづ》られた文字を読んで知っていた。

ただ、それは結局どれも、自分の生きる世界とは一枚壁を隔てた違う世界の話のようで、他人事《ひとごと》でしかなかった。

しかし、その現実が今になってこの身に押し寄せてくる。

「ラゼが、軍人？　『狼牙』……？」

カーナは手で口を覆った。

全然気が付かなかった。彼女は乙女ゲームには出てこない、いわゆるモブな立ち位置に転生してしまった同志だとしか思っていなかった。

ずっと、自分を守るために、彼女は動いてくれていた。

それはラゼが軍人だったから。

もしかすると知らないだけで、彼女はもっと努力をしていてくれたのかもしれない。

高難易度な魔法が使えたのも。

あれだけ対人戦が強かったのも。

それぞれが、彼女が軍人だという事実と思い当たる節をすり合わせていく。

一体、第一皇子の婚約者である貴族令嬢が死ぬかもしれないと聞かされた彼女は、どんな気持ちで自分を励まし続けてくれていたのだろうか。

カーナは愕然とした。

「わたし、何も知らないで……ラゼちゃんのことを傷つけてた——？」

今にも消え入りそうな声が、フォリアからぽつりとこぼれ落ちた。

彼女は一番命と向き合って来たであろうラゼに言ってしまった言葉を思い出す。

一体どんな気持ちで彼女が仲間にナイフを向けていたのかを考えもせずに、当然そうあるべきだという理想を押し付けた。その理想が叶わない世界にいたラゼに。

「自分を責める必要はない。あいつが軍人だということを隠させたのはわたしたちで、オーファンは諜報のプロ。お前たちが何も知らなくて当然だ」

ガイアスはそう言うが、知ってしまった以上、仕方のないことだったと割り切れるはずもない。

「っ、いつからですか。彼女は、いつから軍に？」

いつも飄々《ひょうひょう》としているアディスは、そこにいなかった。

昔からルベンと遊ばせていた友人の息子である彼を、ガイアスも咎《とが》めはしない。

「先の攻防戦で家族を失ったオーファンのことを、ゼーゼマンが拾ったと聞いている。十年近く軍にいることになるな」

明らかになったラゼの過去に、絶句する。

人生の大半を国に捧げて働いてきたなんて、想像を遥かに越えていた。

国の仕事を手伝う、なんて規模感ではない。

彼女がこの国を守ってくれていたのだ。

「ラゼ・グラノーリは役目を終えた。今のあいつはラゼ・シェス・オーファンだ。お前たちも彼女のことを友だと思うなら、過去を悔やんでないで勇姿を見届けてやれ」

国の長《おさ》として、数々の選択をして来たガイアス。

彼の眼に映るのは、ひとりの軍人として力を振るうラゼだ。


男たちの声を聞いたラゼ・シェス・オーファンは、それを合図に青い旗を背にして魔物たちに突っ込む。

「「GARGG!!」」

後ろを取られたことに気がついた魔物たちが、ラゼに一斉に飛びかかった。

手始めに魔物たちの位置を瞬時に把握すると、そこにナイフを転移させる。

襲おうとする魔物は、攻撃が届くことも許されず、彼女を中心に倒れて行く。

その戦法はあまりにも静かだった。

敵が倒れる音で、誰かがやったのだとやっと気がつく。そんな戦い方だ。

「っ、すごい……」

クロードから、驚きの声があがる。

「わたしたちと戦っていた時とは、全く動きが違います」

「当然だ。お前たち相手では目的が違う。守るために学園にいたあいつが、学生に手加減しないわけもない」

どんな訓練をすれば、あんな風に敵を倒すことができるのか。

クロードはじっと彼女の戦闘に見いる。

ラゼはマーキングの済ませてあるナイフを、移動という魔法の範疇《はんちゅう》を超えた応用で何度も敵の身体に移していた。

任意の位置に武器を刺すことができるなど、反則技もいいところだ。あんなものをどう防げというのだろう。

ラゼが戻ってきてから、戦況は明らかに優勢だった。

「彼女が『狼牙』……」

いつだったか、バネッサに言われた言葉がアディスの脳裏に蘇る。

戦争の中で生まれた幻想の話ではなかった。

その存在は、ずっとすぐ側にいた。

特待生と聞いてから、興味を持った彼女。

庶民なのに同級生の誰よりも頭がよくて。だからといって貴族を馬鹿にすることはせず。

かと思えば勉強だけではなく、剣も扱えて。

優等生ぶった堅いやつなのかと見てみれば、フォリアやカーナには特別甘くてニコニコしている。

彼女たちのためなら、自分に不都合があっても全く気にしない。

後から知ったが、カーナの予知を変えるために協力していて、自分も消えてしまうかもしれないのに人のことばかり心配する。

一見しっかりしてそうに見えて、危なっかしいところがあるが、なんでも結局は自分で何とかしてしまう彼女が「狼牙」だった。

ラゼは中遠距離からの攻撃に対応しながら、手当たり次第敵を削っていく。

だんだんと、襲いにくるのを待つ方が時間がかかるようになると、直接それを捌《さば》きに走る。

一秒でも早く。一匹でも多く。

ひとりでも多く負傷者を出さないように。

自分がどんな状況になっても、目の届く範囲にいる仲間を必ずフォローするラゼは、アディスの知っている〝ラゼ〟だった。

——彼女は戦っているのに。

どうして、自分は何もできずにここで見ているだけなのだろう。

アディスの中で、自覚していなかった感情がふつふつと湧き上がって来る。

学園にいる時は、自分にも彼女のことを守れる力が少しはあると思っていた。

でも、それは間違いだった。

騎士団に入る？　軍人になる？

自分がそれなりの位に就く頃には、彼女はどうなっているだろう。

それでは遅いし、彼女が「狼牙」である限り、武人として守るなんてことはそもそも可能なことなのか。

「…………俺は——」

アディスはグッと歯を食いしばる。

今まで、騎士になることを目指してきた。

そうすれば、誰かを守れる力が得られると思って。

しかし、守りたいと思う人は、あまりにも遠くにいて、それでは手が届かない。

なら、どうすればいいのか。何を目指すことが自分の中でのベストなのか。

彼はその答えを、ずっと近くで見てきたから知っている。

——彼女が戦わなくてもいい道を選ぶ。

父親のウェルラインが、宰相として国の方針を舵取りしてきたように、自分も政界に飛び込むしかない。

アディスは音が減っていく戦場を奔走するラゼを見つめた。

彼女のことはきっかけにしかすぎない。

これは、自分のためだ。

自分が後悔しないために、進路を決めるだけ。

でも、もしこの先彼女を守れる選択ができる未来があるなら、喜んでそちらを選ぼう。

別にそのことを彼女が知る必要はない。

彼女が正体を黙って自分たちを守ってくれたように、次は自分が彼女を守る番になるだけだ。

彼の銀色の瞳に、もう戸惑いや迷いの色はなかった。

◆

「狼牙」ラゼ・シェス・オーファンがやっと足を止めたのは、彼女が戦場に降り立ってから約四十分後。

立っているのは、ついに皇国軍の仲間だけだった。

「代表！」

彼女の元には、見知った部下たちが駆け寄ってくる。

ラゼはグローブを外すと、顔についた返り血を拭った。

「帰ろう。みんな、よく生き残った」

——全てが終わった。

彼女の宣言に、部下たちは肩を組んで勝利を噛み締めた。

ラゼはそれを見て肩の力を抜く。

なんとか、処理を終えることができた。

隣国との長きにわたる因縁もここで断ち切られ、これからまた違う時の流れが生まれていくだろう。

ルベンが皇上になるときには、きっと今よりいい時代になっている。そう思いたい。

「テリア伍長にも、勝ったことを報告しないとな……」

視線を上げると、敵陣に自分が突き刺した旗がはためくのを見つめる。

彼女の目の前に広がるのは、魔物の独特な血のにおいが漂う荒れた大地だった。

伝令役が帰還命令を出しているのを頭の隅で理解しながら、ラゼはそちらに黙って敬礼する。

——自分が軍人であるその姿を、〝彼ら〟に見られていたとは知らずに。

◆

ラゼは副官のクロスにその場を託し、一足先に司令部の置かれた拠点へと転移する。

クーデターの話が出てから、この戦場は決して負けてはいけないものとなり、拠点にも重鎮が足を通わせていることを知っていた。

幻術やら結界が張られた空間の中に飛ぶと、ラゼは一際警備の厳しいテントを前にする。

戦闘直後のことなので、自分の汚れた格好で申し訳ないところだが、これくらいは目をつぶっていただこう。流石に服の汚れを魔法でどうにかする気力は残っていない。

彼女は一息つくと、入り口に立っている兵に声をかけて許可を得てから、一歩足を踏み込んだ。

そして。

「————!?」

ラゼはそこにいた学生服の少年少女に、息を呑んで目を見開く。

しかし、驚きを露わにしたのは一瞬で。

彼女はガイアスを視認した瞬間にその場へ跪《ひざまず》いた。

「皇上陛下に報告申し上げます。――敵勢力の殲滅《せんめつ》を遂行致しました」

偉い人がいるだろうとは思っていたが、皇上本人が来ているとは思ってもみなかった。

……他の生徒たちも同様に。

(落ち着け。私は、もうラゼ・シェス・オーファンなんだ)

ガイアスの前で無礼を働くわけにもいかない。

ラゼは跪いて、視線を床の先の方に落としながら、心の内で動揺する自分を必死に隠した。

「顔を上げろ」

言われるまま、ポーカーフェイスを貼り付けて、ガイアスとあいまみえる。

「ご苦労だった。近日中に祝勝会を行う。それまで、しばらく身体を休めておけ」

「御意に」

端的に返事をしながら、ラゼはテントの中に漂うなんとも言えない空気を感じていた。

無論ガイアスも、その理由をわかっている。

「優秀な金の卵たちの特別授業だそうだ。改めて自己紹介でもするといい」

彼にそう言われれば、ラゼも応えるしかない。

彼女は目が合わないように、視界から外していたセントリオールの仲間たちを捉える。

彼らの硬い表情からは、自分のことをどう思っているのかは、うまくわからなかった。

ラゼは重い口を開く。

「シアン皇国軍魔物討伐部所属中佐、ラゼ・シェス・オーファンと申します。先日まで身分を偽装し、セントリオール皇立魔法学園にて、ラゼ・グラノーリとして活動させていただいておりました。これまでの非礼を、深くお詫び申し上げます」

彼女は視界の中心にルベンを見据え、頭を下げた。

その冷静で他人行儀な振る舞いに、誰かが一歩足を引いた音がする。

しばらく待っても返事がない。

ただ、ラゼはルベンの許しが出るまで頭を上げることはできない。

「……いや。謝る必要は、ない……。頭を上げてくれ」

何も言えないでいたルベンが、それに気づくまで数秒だった。

しかし、その時間はとても長く感じた。

「寛大なご理解に感謝します」

学園でカーナやフォリアをいじって笑っていたラゼはいない。

すらすら口から出て来る畏まった口調は、それが付け焼き刃ではなく、日頃から行っていたことなのだと語っていた。

「疲れているところ、時間を取らせて済まないな。もう下がっていいぞ」

ガイアスが、返り血や泥にまみれたラゼに告げる。

身体に損傷はなくとも、クーデターや最後の戦闘に尽力したのだ。彼女も人間。疲れていないわけもない。

「かしこまりました。――皇国に天の導きがあらんことを」

ラゼは最後の挨拶を述べると、すっと立ち上がって彼らに背を向ける。

「ま、待って！」

それを引き止めたのは、フォリアだった。

彼女は走ってくると、ラゼの腕を掴んだ。

何をするのかと思えば、治癒魔法を発動しようとするのがわかる。

自分の側にいた人が傷ついていたら、助ける。

フォリアはそういう子だ。ラゼも知っている。

でも――。

「私は大丈夫です」

それを、ラゼは拒んだ。

そっと、掴んだ腕を引き剥がされ、拒絶されたと思ったフォリアが泣きそうな顔になる。

「治療を優先して欲しい兵士は、まだたくさんいるので」

ラゼも彼女の表情にツキリと胸が痛んだが、自分の中にある軍人としての信念がそれを受け取れない。

「気持ちは、嬉しいです。……でも、あなた方はここにいるべきではない」

そう。ルベンはともかくとして、彼女たちはこんな暗い所に来なくていいのだ。

早く学園に戻って、学生生活を楽しんで欲しい。

その平穏を守るために、自分が仕事をしているのだから。

ラゼは自分の腕を掴んだせいで、服についていた汚れが移ってしまったフォリアの手を見つめる。

「汚れてしまいましたね。すみません。後できちんと洗ってください。…………それでは」

それだけ言うと、ラゼはもう彼らを振り返ることはせずテントを出た。

◆

もうすぐ日が沈む。

赤く熟《う》れた太陽が、夜を呼んでいる。

今日は風呂に入って、清潔でふかふかのベッドで寝られるだろう……。

「…………」

じわり、と。

目にゴミでも入ったのか、瞼が熱くなるから。

彼女は手の甲でごしごし目を擦った。

「クレシアスさん、こっちもお願い！」

「今行きます！」

フォリアは慌ただしくテントの中を駆けていた。

このまま皇都に戻すことは危険だと判断された軍人たちが残された救護テントで、容態が急変した患者から順に治していく。

魔物からもらう黒い傷は不治。

そう思っていた傷が治っていくのだから、軍人たちにとってフォリアはまさしく天の使いだ。

体力の許す限り、全力で治癒魔法を施していく姿は彼らの心の支えとなった。

ただ――。

「第二テントで急変したわ！」

人から発せられたものとは思えない咆哮は、フォリアの治癒を待ってはくれなかった。

「ぐうあああＡＡＡＡＡＡＡ」

「気をしっかり持て！　負けるなっ！」

軍人たちが助かるかもしれない仲間を殺さないよう、傷つきながら必死に押さえつける姿に涙が出そうになる。

今請け負っている処置を終えて、すぐに助けに行かなければと、第二テントへと走り出して。

もう、ずっと魔法を使いっぱなしで疲労した身体が、ぐらりと揺れた。

「――危ない」

そんなフォリアを支えたのは、白い髪に赤い目をした騎士。

彼女の護衛を任されていたのは、副団長のギルベルト・エン・ハインだった。

「す、すみません！」

「……貴女《あなた》はひとりしかいない。これは長期戦になるんだ。慌てずにできることから、きちんとこなすことを考えろ」

「……は、はい」

フォリアは立ち直すと、こくこく頭を縦に振る。

我に返れば、いつの間にか魔物化したと思われる人の叫び声が聞こえなくなっていた。

その代わり、違う種類の奇声がテントの中から聞こえてくる。

「うっひょおおお〜!!」

新手の魔物だろうか。

フォリアは聞いたことのない女声のようなその音を聞いてギルベルトと顔を見合わせると、テントに急ぐ。

そして、中で見たものは——白衣を着た黒髪の女性がベッドに縛り付けられた患者を前に嬉々として踊り狂う姿だった。

「すごいね、すごいねぇ!! 二度とこんなにたくさんの人体サンプルと対面する機会なんてないよぉおお！」

ものすごく興奮しているらしく、顔を真っ赤にして熱弁している。

「とりあえず急ぎで作ってきたんだけど、鎮静剤効きそうだねぇ!!」

「はい。ありがとうございます、ヨル教授」

その奇人に礼を告げるのは、片手に注射器を握ったラゼだった。

「ねぇ、ねぇ、この人体から変異した部分って切り取ってみてもいいのかな？　な!?」

「本人の了承がないとダメだと思います」

キラキラと目を輝かせる彼女に、ラゼは淡々と答えて肩をすくめる。

「あの人は……？」

異色を放っているヨルを見て、フォリアは困惑の視線をギルベルトに送った。

「ヨル・カートン・フェデリック教授。天才生物学者で『白衣を着た悪魔』と呼ばれている人だ」

「あ、悪魔……」

何となく、今のやり取りだけでその名の由来が分かってしまう気がした。

「教授ッ～!!」

呆然と入り口に立ち尽くしていると、フォリアの隣を大きなバッグを何個も肩から下げた青年が通り過ぎる。

「あぁっ。ラゼさん！　いつもいつも、すみませんっ、また教授がっ!!」

「大丈夫ですよ。鎮静剤作るのに大変だっただろうに、現場まで来てもらってすみません。お疲れ様です」

「とんでもないです。教授が自分から行きたいって言って聞かなくて！」

ぺこぺことラゼに頭を下げるのは、ヨルの助手ことフレイ・カンザックだ。

「こらっ。教授！　勇敢な戦士の皆さんにきちんと敬意を払って仕事をしてくださいって言いましたよね！」

「いたっ⁉」

ヨルが騒いでフレイに頭を叩かれるのはいつものことである。

いつまでも突っ立っているわけにはいかないので、フォリアは一歩を踏み出す。

すると、「私はこれで」とラゼは転移でどこかに消えてしまった。

一度も目が合わなかった彼女に避けられているのだと知って、フォリアは胸がちくりと痛んだ。

ラゼと仲直りしたくてセントリオールに戻ったはずだったのに、余計に溝が深まってしまった。

あまりにも遠いところに彼女が立っている気がして、最早どう踏み込めばいいのかすら分からない。

「……クレシアス殿？」

「何でもないです……」

フォリアは小さく頭を振って切り替え、魔物化した患者を観察するヨルの元まで行く。

「あの……」

先ほどまでの興奮が嘘のように真剣な目付きで状態を確認しているヨルに、躊躇いがちに声をかけた。

「あっ！　キミが浄化魔法の使い手だね！　うわぁ。ラゼの言う通りめんこい子だねぇ」

「えっ……？」

開口一番、何を言われるかと思えばラゼの名が出て目を丸くする。

「ちゃんと枢機卿《すうききょう》と話し合ってここに来られた～？　ラゼ、結構前から心配してたけど」

「…………」

フォリアは何も言えなかった。

結構前とは一体いつのことなのだろう。

それに、自分のことを案じていたなんて知らなかった。

だって、今の今まで彼女のことを心配どころか失ったと思って、考え続けていたのは自分の方だったはずだろう？

「……まっ、いいや。ここにいるってことは、仕事しに来たんでしょ。ちょーっと鎮静剤の効果をみたいから、この人については後に回してくれるかな！」

どうでも良さそうに話を切り上げると、ヨルは最初の調子に戻ってしまう。

「フレイ。そこの騎士さんにも鎮静剤、渡してあげてー」

「はい」

フレイは鞄を開けると、鎮静剤と注射器のセットをギルベルトに託した。

「まだまだ夜は長いよ～。無理せずがんばれぇ」

手をひらひらと振って、ヨルはフォリアを送る。

彼女ともっと話したかったが、おしゃべりをしている余裕はない。

フォリアはギルベルトと共に、次のテントに向かった。

◆

「へぇ。わざわざ乗り込んできたのか」

厳重に守備が固められた本部のテントに残っていたのは、アディスとルカ、イアンだ。

ルベンとクロード、カーナはガイアスについて、皇都に戻った。

仕事のあるフォリア以外の三人は、学園に送り返す手筈が整っていたのだが、彼らはそれを拒否し今に至る。

ゼーゼマンは彼らが頑なに戻ろうとしない姿を見て、鼻で笑う。

「威勢がいいのは嫌いじゃねぇが、聞き分けが悪いガキは嫌いだ」

三人並んで長椅子に座った彼らの前で、ゼーゼマンはパイプから口を離して息を吐く。

「ここにいたってやることはないだろ。さっさと帰って勉強してひとつでも賢くなることだな」

正論だった。ここでできることなんて高がしれている。

それでも、アディスはここに残った。

そんな彼を見て、ルカとイアンも残った。友を置いて、自分たちだけ帰ることはできなかったから。

「――教えてください。彼女のことを」

そして、アディスは固く閉じていた口を開く。

「んなの、本人に聞け」

「聞いたら、答えてくれるんですか。狼牙が」

面倒くさそうに、ゼーゼマンはアディスを見据えた。

「ま。何も言わねぇだろうし、言えねぇだろうな」

彼女は機密の塊だ。上官の許しがないかぎり、口は割らないだろう。

どこまで話していいのか分からず黙り込む、あの娘の姿が容易に思い浮かんだ。

「どうして、彼女は軍人に」

「父親はバルーダ遠征に行って行方不明の軍人。母親はフォーラスの基地で死んだ軍医だ。ついでに言えば、弟も戦争の二次災害で死んでる。――軍人になる理由には十分だろ」

「…………学園に通っていたのは、生徒の護衛で？」

「そうだな。…………表向きは」

「……？」

ゼーゼマンは懐中から酒を出すと、ぐびぐびとそれを飲む。

「あいつは生粋《きっすい》の軍人だ。そうでも言わなければ、学生なんてなりたがらない。だから、お前の親父が名目を与えて無理矢理セントリオールに送り込んだ」

「……何故、ですか」

自分の父親が出てきて、一気にアディスのまとう空気が冷たくなる。

「そんなの、あいつに年相応の経験をさせてやりたかったからに決まってんだろ。大事な家族亡くして、何も守りたいものがない国を守り続けるなんてできねぇだろ」

父親が無理矢理送り込んだと聞いて、アディスの心に暗いものが広がったのも一瞬だった。

それは彼女のためを思ってされた選択だったのだ。

「楽しく学生、やってただろう。あの馬鹿娘は」

「——はい」

アディスは確かに頷いた。

両隣のイアンとルカも同じく首肯する。

「まんまとこっちの策に嵌《はま》ったんだ。ただの学生として通って、万が一の時だけ助け舟を出してやれとしかウェルラインも言っていない。……これだけ言えば分かるだろ」

完全に猫を被って、自分を偽っていたのではない。

ほとんど自然体で、ラゼはラゼとして学園生活を送っていた。

「オーファンのことを悪く思うな。悪いのは、命令したお前の親父や俺たちなんだからな」

ゼーゼマンは彼らの目を見て言葉を紡ぐ。

「…………お前たちが送った手紙、読んではなかったが、ちゃんと捨てずに持ってたぞ。あいつ」

それだけ聞ければ、十分だった。

アディスは立ち上がる。

「ありがとうございます。ご迷惑をおかけしました」

潔く頭を下げた彼に、ゼーゼマンは肩をすくめた。

父親にそっくりだとは思っていたが、諦めが悪いところも瓜二つである。

転移装置で三人が帰るのを見送った後、ゼーゼマンは苦笑した。

「厄介な奴に目をつけられたな、オーファン」

死神宰相と難攻不落の戦乙女《いくさおとめ》の間に生まれた息子だ。

ラゼが彼らから距離を置いていられるのも、時間の問題だろう。

◆

「クレシアス殿、今日はここまでです」

あっという間に日が落ちて月が昇り、星が瞬き始める。

自分一人だったらまだ続けられたが、護衛のギルベルトのことを考えて、フォリアは治療を中断した。

通されたテントには準備よろしく綺麗なベッドやクローゼットまで置かれていて、簡単に身体を拭いた後、眠りにつく。

寝ている間にまた唸り声が聞こえてくるかと思っていたのだが、テントに魔法がかかっているのか、朝まで目が覚めることはなかった。

朝食は具沢山でちゃんと味付けのされたスープに、ほかほかに温めたパンと、デザートに果物が並べられて、ここが軍の後衛だと忘れてしまうような待遇で。

自分が寝ている間に魔物化してしまった患者については鎮静剤で凌《しの》いでくれたことを確認して、また症状の重い人から浄化魔法をかけていく。

黒傷がなくなった患者たちについては、目覚める人もいれば、ずっと眠ったままの状態の人もいて、とりあえずは両者とも皇都の病院へ移された。

順番に、着実に黒傷を消していけば、徐々に力に慣れてきてエリアで治すことができるようになり。ヨルに患者がいなくなることを嘆かれながら、最後までやり通した。

急に魔物化して襲いかかってきそうな患者がいても、すぐにギルベルトが対処してくれたおかげで、フォリアには傷ひとつ付かなかった。

「ずっと側で守ってくれてありがとうございます。ギルベルトさん」

「礼はいらない。これが仕事だ。それに、貴女を守っていたのは俺だけじゃないからな」

「――え？」

救護テントが畳まれていく隣で感謝を伝えれば、ギルベルトは言う。

彼は口元に手を当てて、フォリアに小声で囁く。

「日中は俺が担当だったが、夜の番は中佐……狼牙殿がされていた」

フォリアは瞠目してギルベルトを見返す。

「ど、どうしてもっと早く教えてくださらなかったんですか……っ」

「口止めされていた。きっと気を遣って貴女の寝付きが悪くなると」

「そんなわけないっ、のに……」

ギルベルトに向かって怒っても意味はない。

フォリアは途中で声を窄めた。

「わたしはラゼちゃんと、一度も顔を合わせませんでした……」

「大仕事が一段落したとはいえ、中佐殿も忙しい人だ。すぐに皇都に戻られていた」

「……そう、ですか」

「部下の見舞いもしていたから、きっと病院に行けばまた会える」

「――!」

落ち込んでいるフォリアを見かねたギルベルトは、そう声をかける。

「そっか。そうですよね……。あの中にもラゼちゃんと関わりのある人がいたんだ」

広範囲で浄化魔法が使えるようになってから、個々人の顔を確認することができていなかったが、もしかすると見たことのある人もいたのかもしれない。

ラゼの部下がいるということがすっかり頭から抜けていた。

学園にいる時から、色んなことを知っていてすごい人だと尊敬していたが、まさか同い年なのに部下を率いているような立場にいたとは未だに信じがたい。

(皇国病院に行ったら、ラゼちゃんのことを知っている人を探してみよう)

心の中でそう決めて、フォリアは皇都へ戻った。

5 終戦

シアン皇国とマジェンダ帝国との間で長きにわたり続いた戦争がついに終結した。

それはオルディアナ大陸にとっても間違いなく重大な出来事であり、終戦が告げられてから国中が祝い一色に染まっていた。やっと、不毛な戦いが終わったのだ。

「代表～？」

そんなことは関係なしと言わんばかりに積み上げられた書類に囲まれたラゼは、ハルルの声で我に返る。

今回も生還できたおかげで、この執務室で仕事を捌く日々が再開したのだ。

まるで戦争が終わったという実感が湧いてこない。

「お疲れっすか。オレ、お茶でも持ってきますけど？」

「……ちょっと考え事してただけだよ。大丈夫」

追加の書類を持ってきたハルルに答えて、ラゼはペンを置いた。

自分の分の報告書もまだ書き終わってないのに、次から次へと書類が回ってくるのだから溜息が出る。

帝国に潜入した時の詳細について。

グレセリドの得意型や、先読みの巫女の力について。

保護した魔石を体内に埋め込まれた少年について。

魔物を操り、戦場に放ったと思われる道化師について——等。

残念極まりないことに、まだまだ何も解決していない。

後の処理ほど面倒な作業はないのだと、ラゼはその身をもって学んでいるところだった。

「そういえば、クロスのやつはどこに？」

「お昼休憩のついでにテリア伍長のお見舞いに行くって」

「……あー。そうっすか」

ハルルは少し気まずそうに頭を掻いた。

「ビクターは寝起きが悪いんです。そのうちケロッと目を覚ましますよ」

「うん。そうだね」

フォリアが黒傷を治してくれたおかげで、魔物化して彼を殺さなければならないという事態にはならなかった。

まだ目は覚めていないがビクターの肌が元の色に戻っているのを見て、どれだけ救われたか——。

頭の中にフォリアの姿が浮かぶから、ラゼはやるせなかった。

どんな顔をして彼女に会えばいいか、もう分からない。

ラゼは彼女に礼すら言えていなかった。

(どうして、上はもっと違う偽名と姿を用意させてくれなかったんだろう)

姿を変え、名前ももっと本名ではないものを使っていれば、偽りの姿でも彼女たちの側に戻れたかもしれない。学生としての自分と軍人としての自分の両方を知られてしまったから、それはもう叶わない。そのことをちょっとだけ恨みながらも、結局のところは自業自得だと結論してモヤは晴れないままだ。

「そーいや。セントリオールも特別休暇が出たって聞きましたよ」

「……へぇ。そうなんだ……」

ついこの前休校したばかりだと思うのだが、また休みが増えたらしい。

学生からすると嬉しいのか、悲しいのか。

人それぞれだと思うが、彼女たちが地元に戻っているということは、もしかするとどこかで出会ってしまうかもしれない。

(……フォリアは皇国病院でずっと働いてるみたいだから、休みなんて関係ないだろうけど……)

彼女がいると分かっているから、何となくビクターの見舞いに行けずにいた。

こっそり覗くことはあっても、正面切って病院に入っていけなかった。

未だに自分の元に届き続ける手紙を、読むことも捨てることもできずに溜めている。

引き出しにしまった手紙が溜まれば溜まるほど、ラゼの心は重くなった。

いっそのこと、全部燃やしてしまおうか――?

ラゼ・グラノーリは死んだ。

任務は終わったのだから、軍人としての自分を取り戻すべきだ。

公私を混同していては、オイレッタのことを言えない。

彼女は記憶操作の処置を受けて、この国の人間ではなくなったと聞く。

（記憶操作、か……）

自分の記憶を失うことだけは、どうしても受け入れられない。それだけはラゼが死よりも恐れることだ。軍に「もう用済みだ」と、「手に負えない」と言われて記憶の処理をされることが、冗談でも口に出せないほど不安に思っていることだった。

仮に皇国軍人だったことを忘れさせられたら、自分は自分でなくなってしまうだろう。

ふと、扉の外に気配を感じて、ラゼは顔を上げた。

コンコンコンと乾いたノックの音がすると、休憩終わりのクロスが伝言を土産に帰ってきた。

「――ただいま戻りました。それと、参謀本部から通達です」

耳にタコができるくらい聞いてきた単語に嫌な予感がした。

一枚の紙切れが差し出され、すばやく目を通す。

そして、ラゼはいつも通り乙女にはあるまじき顔で眉間に深い皺を寄せた。

「……代表？」

「呼び出しだ。本部に行ってくる……」

「かしこまりした」

書かれていたのは、戦場から魔性ウイルスの被害が徐々に広がり出しているという内容で。

これはまたしばらく、各地を飛び回って往復する日々が続きそうだとラゼは肩を落とした。


「忙しいところ悪いね。オーファン中佐」

「とんでもございません。閣下」

ウェルラインとは最近よく顔を合わせる。

参謀本部の一室で、ラゼは挨拶をしながら彼の襟元を見て眉間に皺を寄せた。

「……あの、閣下……。何かありましたか。襟元のボタンが……」

第一ボタンが取れかかっている。

この男が着ている服が乱れているなんて珍しくて、ラゼはすぐに違和感を覚えた。

自分からそれを聞くのはどうかと思ったが、まさか彼が誰かに襲われるような事があったのではないかと警戒する。彼女は至って真剣だった。

それなのに、

「ああ、こんなになるまで引っ張られたのか。急いでいたから気が付かなかった」

ウェルラインはおかしそうに笑う。

一体、どこの誰がこの国の宰相の首元を、ボタンが取れるくらい力を入れて引っ張ったというのだろう。

きっと、その人はすでに命がないはずだ。

帝国との戦争が終わったばかりだというのに、立役者のウェルラインが狙われるのは不憫だ。昔から皇上並みに命を狙われてきた人だが、こんな時にも刺客が放たれるなんて笑えない。

この人がまだ若く、息子のアディスが生まれたばかりの時には、身の危険が及ぶからと妻子とは別れて暮らしていたと聞いたことがあるのを思い出す。

「……ご無事で何よりですが、護衛を増やすべきでは……」

「ははっ。その必要はないさ」

「閣下……。どうか、ご自分の身は大切になさってください」

あなたには、家で待ってくれている人がいるから。

そこまで口には出さなかったが、つい本音が出ていた。

ウェルラインが目を見張るのを見て、ラゼはハッと我に返る。

「……申し訳ございません。出過ぎた真似を……」

自分の失態に、彼女はすぐに頭を下げる。

近頃よく顔を合わせて、状況の報告やら何やらで意見を交わすことが増えていたからか、余計なことを口走ってしまった。

「顔を上げてくれ。心配してくれたんだろう」

「…………一介の軍人には無用の杞憂《きゆう》でしょう」

ゆっくり顔を上げるが、ラゼは深く反省する。

そんな真面目な様子の彼女に、ウェルラインは肩をすくめた。

「すまない。君に頭を下げさせるとは思わなかったんだ。……この服は、息子にやられたものでね」

「………………え」

全く想像もしていなかった人物が登場して、ラゼは呆気にとられる。

それまで硬い表情をしていたラゼが、素で面食らっているのを見たウェルラインは苦笑した。

「セントリオールが祝祭休みになったのは聞いているかい？」

「は、はい……」

ラゼは先ほど聞いたばかりの情報に首肯する。

「私は仕事でここに泊まり込んでいたから今朝、着替えだけ取りに帰宅したんだ。ちょうど出かける直前にアディスが帰ってきてね。久しぶりに顔を見たかと思えば、胸ぐらを掴まれてしまったというわけだ」

……わけだ。と言われても、全く状況が理解できない。

あの「青の貴公子」と呼ばれる紳士のアディス・ラグ・ザースが、親の胸ぐらを掴むなんてところがラゼには想像できなかった。

人に怒りを感じても、呆れて距離を置くタイプだと思っていた。彼が怒って人にあたるなんて、相当だろう。

「……閣下でも、息子さんと喧嘩されるんですね……」

色々と頭の中を考えが巡ったが、ラゼが絞り出せたのはそんな言葉だった。

彼女が心底驚いているのが伝わってくるものだから、ウェルラインは息子を不憫に思う。


『——どうして、今まで黙ってた！』


玄関の扉が開いて鞄片手に帰ってきた息子は、自分の姿を捉えるなり、持っていた荷物をほっぽり出して掴みかかってきた。

すっかり背が伸びて、自分とほとんど変わらない背丈で彼は今まで見たことのない怒りを露わに睨みを利かせた。

主語がない言葉でも、それが何を指しているのかなんて、ウェルラインにはすぐ分かる。

それでも「なんのことかな」ととぼけてみれば、アディスは憤怒を浮かべてその手にさらに力を込めた。

——ずっと、聞き分けの良い子だと思っていた。

ラゼ・シェス・オーファンについてだって、彼女が身元を隠して学園に通わなければならなかったことをきっと理解しているだろうに。

たとえ家族だとしても、ラゼの情報を部外者に伝えられるはずがない。

それくらいのことを、この息子が弁えていないはずもなかったのだが。

全てを分かった上で、彼女を危険に晒していた父親が許せなかったのだろう。感情を制御できないくらいには――。

殴られなかっただけ、まだマシなのかもしれない。

いや、あの息子はどれだけ怒っても、感情に流されて人に暴力を振るうことはないだろう。自分の息子だ。よく分かる。

あれは、決してやられた事を忘れずに、後々ねちねちと仕返しをするタイプだ。

『悔しかったら、お前が変えてみなさい』

『言われなくても分かってるッ』

ただ。早く力を持ちたいからと騎士団に入りたいとセントリオール入学を拒否していた時より、遥かに実りのある反抗期だった。

まあ、本気で嫌われても仕方ないことを、自分はやっているのだが。

反抗期という言葉の使い方を間違っていると、バネッサにも怒られるかもしれない。

『……彼女は、無事なんですよね』

『さぁ。自分で確かめるといい』

愛する家族に嫌われようと、彼らを守れるのならそれで構わない。

そうやってウェルラインは、家族のため、国のために宰相という立場で指揮をとり続けてきた。

そのことに後悔はない。自分がやってきた事を間違いだと認めれば、犠牲になった者たちに顔向けできない。

――そして、家族を失い幼少期から軍人として生きる事を選び、国のために己の下した任務をこなし続ける、目の前の彼女にも。

きっと、自分のためにアディスが怒ったと知れば、彼女は気を遣うに違いない。

だから、ウェルラインはその美しい顔に作り慣れた笑みを浮かべる。

「ああ。初めてあいつが本気で怒った顔を見た気がしたよ」


その後、任務の内容に話は戻る。

ラゼは長机に着くウェルラインから手渡された資料に目を通し、視線を上げた。

「貴官にも休暇を出したいところなんだが、最優先にしてほしい」

「御意に」

彼女に言い渡されたのは、国境付近に結界を張るための荷運びを手伝って欲しいという仕事だった。

手元の資料には、帝国との間に三重の結界を張る図面が描かれている。

その図の描き方には見覚えがある。死神の玩具屋セルジオ・ハーバーマスの作成したものだろう。

彼も戦後のお祝いムードの中、結界装置を作るために仕事に励んでくれているらしい。

(私は、装置をこの位置に運べばいいのか。……よかった。あまり時間は掛からなそうだ)

てっきり、もっと時間と労力が掛かりそうなことを言われるのかと思ったのだが助かった。

数は多いがこの分なら、一日あれば終わる。

「それと、ここからが本題なんだが」

「…………??」

ラゼは空耳が聞こえた気がした。

今、「ここからがホンダイ」という呪文のような言葉が聞こえた気がするのは、気のせいだろう。流石に。

そう思って目の前の上司を見ると、彼は色気たっぷりに目元を緩ませて。

「祝勝会の日程が決まった。もちろん、貴官にも参加してもらう」

「…………………………ハ、イ？」

ああ、いつかもこんな返事をしてしまったことがあったな、と。

自分の間の抜けた声に記憶が巡る。

「何を驚く。君が参加するのは当然だろう。狼牙殿」

確かに、戦争に勝ったからには祝勝会やら凱旋パレードでもやることは予想できた。

しかし、それに自分が参加するなんて想像したこともなかったから、ラゼは困惑した。

「……そ、そうです、よね。皇国が勝利を収めたのですから、祝勝会をやるのは当然でした」

呆然として歯切れの悪い彼女に、ウェルラインは眉を顰《ひそ》める。

そういえば、彼女には戦勝について祝いの言葉をかけられたことがない。他の人間たちと会うと、敬礼と共に賛辞をもらうのだが、ラゼは常時と変わらぬ対応しかされていない。

今まで通り任務を快諾するから、いつもと変わらないラゼだったが、どうやら戦が終わったという実感がないから普段通りだったようだ。

「五日後に皇城でパーティを開くことになっている。参加者は重鎮たちばかりだが、君のことを知らない者ばかりだ。満を持して生きた伝説のお披露目ということになっているんだが」

「……ご、ご過分な評価であります……」

ウェルラインの言う「参加者」とは、有力貴族のことだ。

ラゼはあくまで軍人。花形でよく護衛を任されたり調査を依頼されたりする騎士とは違って、この国の政権を担う有力貴族との関わりは薄い。

狼牙の称号を得てからしばらく経つのだが、今になって、権力者たちの前に立たされなければいけないとのことで、ラゼは内心この話を断りたかった。

セントリオールの金の卵たちなんて可愛いものだ。

貴族社会。水面下で絡み合う権力争い。大人の事情。

何のしがらみも気にせず、命令通り魔物の大陸で魔石狩りをしていたほうが性に合っている。

ラゼは一応一代限りの下級貴族でもあるが、社交界になんて出たことがなかった。

彼女には婚期を気にする親はいないし、名ばかりの貴族としてパーティに出る暇があったら仕事をした方が喜ばれる。

「早急に君のドレスを仕立てるべきだと、妻や皇妃様が言っているんだが」

「ド、ドレスですか……!?」

ラゼは仰天した。

ウェルラインに進言している人にも驚きなのだが、こんな作法もなっていない田舎娘がドレスを着て参上しても笑われるだけだ。セントリオールの新入生歓迎会とは訳が違う。

「私は軍人です。正装で参加させて頂くことは叶いませんか」

「それは勿論。ドレスは二次会用だそうだ」

「二次会……？」

「まず、陛下の御前で授与式がある。その時には軍服を着てもらい、授与式のあとの宴《うたげ》ではドレスを着るべきとのことだ」

そう言われてしまえば、ラゼには何も言えない。

バネッサや皇妃エレスティーナが気を遣ってくれたことを、無下にはできなかった。

「別室に仕立て屋を呼んである。採寸が終わり次第、任務に当たって欲しい。まだ技術部の準備が終わっていないからな」

「…………かしこまりました」

逃げられないのだと悟って、ラゼは覚悟を決める。

フォリアのような可愛らしさも、カーナのような美しさも自分にはない。身長も低いし童顔だという自覚もある。

見た目から下に見られるのは今に始まった話ではないので、ドレス姿の自分が舐められることは諦めよう。

（……ああ、でも。学園でフォリアとカーナ様が私の誕生日に用意してくれた服と化粧は悪くなかったなぁ）

あんな風にもう一度化けられたら、年相応に落ち着いて見えるかもしれない。

三年ほど前にも、こうやって急に任務を言い渡されて、制服の採寸をしたなぁと。

ラゼはウェルラインに敬礼して部屋を出て、指定された部屋に向かう。

「――失礼します」

「ああ！　お待ちしておりました。オーファン中佐」

そして部屋に入った先にいたのは、学生服を選ぶ時にも出会った仕立て屋のテナ・サリバンだった。

「あなたは……。お久しぶりです。サリバンさん」

「まあ。覚えてくださっていたなんて光栄です！」

ラゼが名前を呼べば、テナは嬉しそうにくしゃりと笑う。

そして、その奥に見えるのは……

「狼牙ちゃん！　待ってたわ!!」

我が物顔でソファに座るバネッサ・ラグ・ザース。

ウェルラインの愛妻が、何冊ものカタログが置かれたローテーブルの向こうで立ち上がった。

「ザース夫人!?　お、お久しぶりです。ご健勝で――」

「さぁ！　早く！　ドレスを決めるわよ!!」

ラゼが挨拶をする間もなく、バネッサは彼女の腕を掴んで部屋の中まで引っ張り込む。

「あの人ったら、ほんっとうに気が利かないんだから！　狼牙ちゃんは忙しいからって、あと四時間しか時間をもらえなかったのよ!?　信じられないわ！」

三つ編みにした青い髪を揺らし、バネッサは控えていたメイドのココに目配せした。

するとココは手早く、目星をつけていたカタログを開いてラゼに見せる。

ドレス選びに四時間もいらないだろうとラゼは思ったが、有無を言わさぬ圧でバネッサがこちらを見つめるのでごくりと固唾を飲む。

「狼牙ちゃんはどんなドレスが好み？」

「えっと……。あまり、甘くなりすぎないものが……」

「やっぱり！　なら、こういうのはどうかしら？」

「……す、素敵だと思います……」

指差されたドレスは、白のレースに翠《みどり》のオーバースカートが生えるものだった。そして、チラリと見えた値段にギョッとする。

――三十万ヤン。

高い。高過ぎる。平民がウェディングドレスを借りる相場だ。

「あ、あのやっぱり――」

「とりあえず試着してみましょう！　サリバンさん。お願い」

「かしこまりました」

……結局、断れなかった。

ラゼはそうして六着のドレスを試着することになる。

（……ど、どうしてこんなことに……）

ほとんど着せ替え人形のようにドレスを着せられるものだから、慣れないことに疲労感がすごい。

「いかがで、しょうか……」

「うーん。そうねぇ。狼牙ちゃんにぴったり！　って感じの一品がなかなか見つからないわ」

バネッサは胸の前で組んだ腕を上げて、困ったように片手を頬に当てる。

「ねぇ、サリバンさん。やっぱり、特注はできないかしら」

「今日デザインが決まれば、十分間に合います」

「流石、皇都で一番の仕立て屋さんね！」

バネッサは嬉しそうに手を合わせた。

服よりお菓子のラゼは、ブティックに詳しくなかったが、実はこのテナ・サリバンは皇都では名の知れた仕立て屋だ。

ドレスのオーダーメイドなんて、何か月待ちの人気ぶり。

本来なら今からドレスを特注するなんて間に合うはずがないのだが、テナは快く引き受ける。

なぜなら、

「オーファン中佐はわたくしの息子を助けてくださった恩人ですから。喜んで、ご用意させていただきますとも」

にっこり微笑んで、テナはラゼに告げた。

「あら、そうだったの？」

「はい。五年ほど前に任務で狼牙に助けられたと聞いています」

ラゼには心当たりがなかった。

（……五年前？　何のことだろう）

記憶を遡《さかのぼ》ってみるが、思い当たる節がない。

ラゼの様子を見かねて、テナは再び口を開く。

「離婚して離れて暮らしている息子からの手紙でした。本当は服飾の仕事に就きたかっただろうに、家庭の方針で軍に入れられた子だったんですが、最高の軍人と出会えたと書かれていたのでわたくしも忘れられなくて」

哀愁を帯びるテナの瞳に、どこか見覚えがある気がする。

「あの、息子さんのお名前は……」

「ジュリアスといいます」

「――!?　ジュリアさんのお母様!?」

世間が狭すぎてラゼは声を上げた。

まさか知り合いの母親だったとは。

友人のように仲良くさせてもらっているジュリアス・ハーレイ少佐を思い浮かべて、目の前のテナと重ねて納得する。言われてみれば似ている気がした。

「ジュリア……。あの子ったら、オーファン中佐には大変よくしていただいているみたいですね」

呼び方で、ジュリアスとの交流を読み取ったテナは安堵の表情だ。

「娘に失望されるわけにはいきません。必ず、満足いただける品を準備しましょう」

テナはそう意気込んでくれた。

「軍人としての威厳をそのままに、オーファン中佐の魅力を引き立たせるドレス。腕が鳴りますね」

「完成が楽しみだわ！」

「…………」

盛り上がる女性陣ふたりと、静かに主人を見守っているメイドの中に、この値段がいくらになるかも予想できないドレス選びを止めてくれる人は誰もいなかった。


きっちり四時間使ってドレスのデザインが決まり、ラゼは小さく息をつく。

「こんな素敵なドレスを着たら、狼牙ちゃんモテモテね」

「…………そうでしょうか。せっかく素敵なドレスなのに、着るのが私では……」

「もう。謙虚過ぎるのも考えものね！　色んな意味でモテるに決まってるわ」

最後のひと言に含みがあって、ラゼは「ああ」と納得した。

（……私みたいな田舎くさい軍人でも、狼牙ってだけで欲しがる人はいるってことか……）

授与式は軍人として参加できても、二次会の戦勝パーティには貴族の端くれとして参加しないといけないらしい。

今までは子どもだからと許されていたのだろう。

成人したからには、きちんと成人貴族として最低限のマナーと責務を果たせということだとラゼは理解した。

（帰ったら、テリア伍長にマナーとか社交界のこと簡単にでも聞いて――あ……）

貴族出身の部下に、少しでも情報を聞いておこう。

そう考えて、その彼が病室のベッドで寝たきりだということを思い出し、ラゼの気分は沈んだ。

「…………狼牙ちゃん？」

ラゼの変化に気がついたバネッサに、そっと顔を覗き込まれてラゼは表情を引き締め直す。

「いえ。なんでもありません。……部下にみっともない姿は見せられませんから。祝勝会までに、マナーを学び直しておきます」

教養として養成所でも、軍大学でも、そしてセントリオールでもある程度の作法は学んでいる。

ただ、実践は足りていないので、改めて確認はしておくべきだろう。

「それなら、私が見てあげるわ！」

「……え？」

ラゼの呟きに、バネッサは彼女の両手を取った。

「時間が空いた時に、いつでもうちに転移してきていいから。ね？」

願ってもない申し出だ。隣国の姫君だったバネッサにマナーを教えてもらえるなんて、贅沢すぎる。

お言葉に甘えさせてもらいたいところだが、ラゼはアディスが帰って来ていることを忘れていなかった。

「……大変ありがたいお話ですが、そこまでご迷惑はおかけできません」

ラゼは眉尻を下げて、丁寧に断りを入れる。

「うちの子のことなら、この五日間は家に帰ってくるなと言っておくから大丈夫よ？」

「そ、それはアディス様に申し訳ないですよ。せっかくのお休みなのに……」

「私はせっかくのお休みだったはずなのに、働いてる狼牙ちゃんに申し訳ないわ」

――それは、ずるいだろう。

明るい声音とは反対にバネッサが切ない眼差しで自分を見ていたから、ラゼは表情を取り繕《つくろ》えなかった。

「…………私は、息子さんたちにどんな顔をして会えばいいか、わかりません……」

「……狼牙ちゃん……」

真摯に向き合って、自分のためにここまでしてくれるバネッサに、ラゼは本音を隠せなかった。

「……そろそろ行かないと。私のために、お時間を割いていただきありがとうございました。ザース夫人」

この人は優しいから甘えてしまう。

自分の知らないところで母親と仲良くしているとアディスが知ったら、気を悪くするかもしれない。

だから、ラゼは切り替えた。

まだまだやらなければならない仕事が山積みなのを脳裏に浮かべ、仕事のことだけを考える。

「どうぞ気を付けてお帰りください」

そう言ったラゼは、余裕を感じさせる振る舞いに変わっていた。

「ということで、社交界のマナーについてひと通り教えてもらえませんか」

「……どうして僕に聞いた⁇」

ラゼの頼みに唖然とするのはゼルヒデ・ニット・オルサーニャだ。

自分の事務所に狼牙が来ていると聞いて、何か恨み言でも言われるのかと身構えていたゼルヒデは、彼女の話を聞き終えて戸惑うばかりである。

「他に頼めそうな人がいなかったんですが無理ですか」

「いや……。問題ないが……」

「では、よろしくお願いします。勿論ちゃんとお礼はしますから」

ぺこりと頭を下げる狼牙に、ゼルヒデはすぐに言葉が出てこなかった。

周囲を見れば、彼女が狼牙だと認知している者たちが驚いた顔をしてゼルヒデを見ている。

「さっそくですが都合のいい時間を教えてください。もうあと四日しかないので」

「……とりあえず、場所を変えないかい……」

居た堪《たま》れなくなってきたので、ゼルヒデはそう提案する。

部屋を変えて談話室に入ると、壁際の空いていた席に座った。

バルーダの拠点や訓練で顔を合わせることはあっても、こうしてふたりきりで向き合って席を囲むなんて初めてのことだ。

あれだけ嫌味を言ってきた人間に対して頭を下げたラゼに、ゼルヒデの感覚はついていけない。

「……もっと違う人選はできなかったのか。狼牙殿」

「あなたに恩を売ってたつもりなんですが、心当たりはないですかね？」

「あるから、こうして話を聞いている……」

「それはよかった」

あっけらかんとして言い放つ彼女に、ゼルヒデは肩を落とした。この軍人少女はこちらが断れないと踏んで話を振ってきたのである。

せっかく有名貴族だらけのセントリオールに通っていたのだから、そのツテを使うこともできただろうに。

「どうせ暇でしょう。私は頑張って時間を作りますから、会議室に集合ということで」

「……分かった。時間は合わせる。何時でも。場所も僕が取っておこう」

「……？　どうしたんですが、今日はえらくしおらしいですね」

「気を遣ってるんだ！」

「え。今更？」

「…………」

真顔で問い返されて、ゼルヒデはぐうの音も出ない。

ラゼの言う通りだ。今まで散々、彼女の陰口を叩いてきた。だが、そんな自分に頼み事をしてくるこの娘も娘だろう。

「そうだ。今更だ。……だから、まさか僕がキミに頼られる時が来るなんて、天地がひっくり返ってもないと思ってたさ」

「頼るというか、コキ使ってやろうと思ってるだけですよ。まあ、そんな話はいいので、スケジュールを決めましょう」

気まずいと思っていたのが馬鹿らしくなってくる。

ゼルヒデは大人しく、空いている日程を示し合わせた。

「…………まだ、目が覚めないのか。テリア伍長」

「はい。いつになるかは分からないそうです」

「……そうなのか」

ラゼが手帳に書き込む間、沈黙に耐えきれずに尋ねれば淡々と答えが返ってくる。

部下がこの先二度と目を覚まさないかもしれないというのに、落ち着いているようにみえた。

「じゃあ、パートナーはどうするつもりなんだ？」

「…………………ん？」

「初めて狼牙が社交場に出るんだ。エスコートもなしに登場するなんてあり得ないだろう」

「……………………う、うそだ……」

ラゼは絶句する。昨日のドレスに引き続き、全く話についていけない。パーティに出るだけでも胃が痛いのに、そんな自分をエスコートしてくれる人を探さないといけないなんてハードルが高過ぎるにも程があった。

「……仕方ない。オルサーニャ」

「馬鹿を言え！　引き金になった下級貴族の僕がエスコートできる訳ないだろうが！」

「ぐっ」

まっとうな意見なので、ラゼは呻く。

頭の中ではまともに言葉を交わしたことがある貴族の顔が回った。

ビクター、ウェルライン、ゼーゼマン、ヨル、ギルベルト……。

（だ、ダメだ。頼める人が思い浮かばない……！）

彼女はペンを握ったまま、頭を抱えた。

もうパーティまであと四日、いや。三日と半日しかないというのに、とんでもない問題にぶち当たってしまった。

「……閣下に確認するべきだろうな。もしかするとすでに準備されているかもしれない」

「そ、そうだね。この後すぐにでも確認をとる」

ラゼは頭に置いた手を机の上に戻す。

たいした社交性もない小娘に狼牙なんて称号を与えた人に責任は取っていただくべきだ。もし見つからなければ、副官のクロスを道連れにするしかない。

「多少は貴族令嬢の心得があるんだろう」

「一応……。閣下は勿論、陛下にお会いするかも知れない身だったから、礼儀作法についてはそれなりに」

「なら、有名貴族の顔と名前は？」

「…………まあ、それなりに……」

「分かった。マナーは軽くでいいだろう。とにかく、要人の名前を叩き込め。名簿はこの後、すぐに持っていこう」

「分かった」

ラゼはこくりと首を縦に振った。

学園祭の準備より遥かに短い期間での準備になるはずだが、きっと豪華な祭りになるだろう。軍の恥とはならないように、少しでも多く覚えていかなければ。

きりきりと胃が痛む気がしたのは気のせい、ということにして、ラゼは合間を縫ってパーティに備えることとなった。

◆

「――ラゼちゃん、来ないな……」

フォリアがビクター・オクス・テリアを見つけたのは、戦場から皇国病院に移った二日後だった。

それからは一週間が経とうとしているのだが、ラゼが彼を見舞いに来ることは一度もない。

少しでも気持ちが伝わればと、時間が空いている時に今でも手紙を出し続けているのだが、それが届いているのかも不明のまま、ラゼと会えずにいた。

「……失礼します」

そして、そんな彼女の前に代わりに現れたのは、

「――！　あなたは！」

「お世話になっております。クロス・ボナールトと申します」

バトルフェスタなどの学園行事で必ず、ラゼに会いにきていた男だった。

なかなか目覚めず、寝たきりのビクターの診察をしていたところに、ラゼの副官クロスが顔を出した。

「フォ、フォリア・クレシアスです！　その、どうぞ中へ！」

物腰低い男の挨拶に、フォリアも慌てて彼を部屋の中へと勧める。ビクターは貴族軍人であり、両親の意向で個室に入院していた。換気のために開けたばかりの窓から風が吹いて、レースのカーテンを揺らす。

「……よく寝ているようですね」

「……は、はい……」

クロスはベッドの上で安らかな表情で眠るビクターを見下ろし、見舞いの品をサイドテーブルに置いた。

見覚えのある青い花が彼の持ってきた花束を彩っていて、フォリアはハッとする。

あれは確か、ラゼが死んだ弟が好きだった花だと言っていたものだ。

「そのお花……」

「ああ。これは、私たちの上司からです。皇都の花屋には今の時期になると置いてなかったと思うんですが、どこで買ってきたんだか」

クロスは肩をすくめてみせた。

「……わたしの友だちも、そのお花を買っていたところをみたことがあります」

「そうでしたか。同じ人かもしれませんね」

彼はその人の名前を口にしなかったが、その目がとても優しくフォリアを見据えるから、彼女は確信した。この人はラゼの関係者なのだと。

「私の上司は忙しい人なので、なかなか落ち着いた時間が取れないみたいでして。最近だと空いた時間は全て、勉強に充てているんですよ」

「勉強……ですか？」

「祝勝会のパーティに出席することになって、作法や立ち振る舞いを確認しているそうです」

「！　パーティ！」

そこでなら、彼女に会えるかもしれない。

フォリアはクロスの話に食いついた。枢機卿のゼールに頼めば、なんとかパーティに参加させてもらえないだろうか。

彼女が考えを巡らせる様子を、クロスは優しく見守る。

「では、私はもう行きますね」

「え!?　もうですか!?」

「まあ、見舞いの品を届けに来ただけなので」

「……そ、そうですか……」

この部屋に来てから数分しか経っていないのに退出するクロスに、フォリアは物言いたげに口を開いては閉じた。

「ビクターのこと、頼みます」

「はい……」

何も聞けずにクロスを見送り、フォリアは換気を終わりにして部屋の窓を閉める。

振り返って、彼女はビクターのベッドの隣で膝をついた。

「……どうか、星の加護が目覚めを導きますように」

祈りを捧げるように、フォリアは治癒の魔法を彼に施す。

それでもやっぱり閉じた瞼が開くことはなくて。

今日はダメでも、きっと明日にはよくなっている。そう自分に言い聞かせて、彼女はそっと部屋を出た。

毎日毎日、めいっぱい魔法を使って、この皇国病院に運ばれた負傷兵たちを治している。

肉体的な損傷は治っても、認知とのラグで身体がそれまで通り動かなくなった人がたくさんいる。

彼女はそんな人たちに向き合いながら、リハビリなどの支援を手伝っていた。

そんな中で耳にするのは「狼牙」の噂。

「敵の観測手があっという間に消えたんだ」

「その時に姿は見えなかったのか？」

「見えない。見えない。敵が死んだことにすら気が付けないんだ。亡霊ってのは強ち間違いじゃねぇ」

本当に存在していたのか、と。同じ皇国軍に所属しているはずの者たちが、口を揃えて驚きを露わにするのが印象深い。

「すげぇよな。一体、今回の戦いで何人倒したのか」

「狼牙の名は伊達じゃないってことでしょう。我々みたいなのとは生まれ持った才能が違うんですよ」

「きっと、血も涙もない冷血漢なんだろ。でなけりゃ、ただの化け物だ」

見回りをしていた大部屋で、そんな会話が聞こえてきて、フォリアは水差しの水を入れ替える手を止めた。

──今、彼らは何と言っただろう。

狼牙を。彼女を。ラゼを。化け物だと言わなかったか？

「…………違う……」

ほんの小さな声が溢れた。

つい先月まで、同じ部屋で寝泊まりして学生だった彼女は、ただの甘いものに目がない女の子だった。

戦争なんてなければ、彼女は戦わなくて済んだのだ。

自分と何も違わない十七歳の少女に向けられる憶測に、フォリアは拳を握る。

「あーあ。いいよなぁ。狼牙になりてぇ」

「そうか？　姿を見せないってことは、何かしらの理由があるかもしれないぞ」

「……確かに。もしかすると、すげー不細工だったりして！」

ハハハッと他愛もない雑談で盛り上がる軍人の男たちのもとまで、フォリアは無言で歩いていく。

「ん？　あれ、浄化魔法の？」

「あっ。こんにちは！　どうしたんです？」

気が付いた男たちは、笑顔で彼女に話しかける。

そして、

「――狼牙さんは、お兄さんたちの何倍も強くて素敵な人ですよ」

フォリアは満面の笑みで、そう彼らに答えるのだった。

◆

「――『狼牙』ラゼ・シェス・オーファン。貴官の奮闘を讃《たた》え、最大の敬意をもってこれを称す」

厳かな空気が満ち満ちる玉座の間にて。

シアン皇国の君主ガイアスが告げる。

彼の視線の先で頭を垂れるのは、この場にいる誰よりも小柄な身に軍服をきっちりとまとう娘だ。

ラゼは賞状とともに、金色に輝く懐中時計を授与される。

その直後、玉座の間に盛大な拍手が響きわたり、緊張するラゼの身体がさらに強張《こわば》った。

（……あと少しの辛抱だ……）

あっちこっちから自分に突き刺さる視線に、気が付かなかったフリ、なんてできるわけもなく。

ラゼは参加者ほぼ全員から注がれる視線に耐えながら、自分のいるべき立ち位置に戻る。

一番最後の授与となったので、これで式は一段落だ。

あとはこの後のパーティさえ乗り切ってしまえば、もとの生活に戻れる。

粛々と退場が促される中、ラゼはちらりと視線を上げた。

皇上ガイアスのすぐ近くの上座には、後継者のルベンが座っている。学園にいた頃は普通に言葉を交わすこともあったというのに、随分と遠く感じた。

（……パーティにも出席されるのかな）

城で開かれる行事については、ラゼも招かれる側であり詳しく知らない。

まあ、流石にルベンは参加するだろうし、挨拶はしにいかなければならないだろう。

ちなみに、エスコートをしてもらう相手については、ウェルラインが当日までに必ず準備するから心配しなくていいとのことだったので、勿論、安堵できるはずもなく不安いっぱいのまま本日を迎えている。

授与式よりも人が増えるだろうと、ゼルヒデには言われてきたが、これ以上のプレッシャーを与えられようというのなら、幻術でも使って影を薄くしておきたいものである。

ラゼは退場する集団の、一番後ろを歩いて両開きの大きな扉を潜った。

ガイアスの前では外していた軍帽を被り直し、小さく溜息を吐く。

(結局、テリア伍長は参加できなかった……)

目の前を歩くのは、五三七特攻大隊の面々だ。

しかし、人数が足りていない。おそらく、二度とこんな風に君主から賞賛の言葉を直接もらうなんてことはないだろうに、全員で晴れの舞台に上がることができなかった。

彼女は被った帽子の下で、悲しそうに目を細める。

だから、

「代表ッ!!」


ラゼは、数日ぶりに聞こえたその声が一瞬、空耳だと思った。

しかし——。

「お疲れ様です!!」

確かに、ビクターの声がして。

ラゼはハッと顔を上げる。

「――――ッ！」

部下たちの視線の先。広い廊下の真ん中で、入院着姿で敬礼する部下の姿があった。

――これは、夢でも見ているのだろうか？

彼は重症だった。身体中に黒傷が浮かぶほどの。軍医からも、もう助からないと言われていた。それがフォリアのおかげで元の身体に戻って、それだけでも奇跡だと思っていたのに。

たとえ何年経とうが、彼が目覚めるまで必ず責任を果たそうと覚悟していた。

それが、どうしてこうも突然、打ち砕かれるというのだろう。

彼女はその場に立ち尽くす。

到底、これが現実だとは思えなかった。

目前で慣れない城の空気に大人しくしていた部下たちは、そんな彼女を置いて、もう二度と言葉を交わすことができないかもしれないと思っていた仲間の元へと一斉に駆け出していく。

「おまぁえぇえ～～ッ」

「心配させやがってッ!!」

男たちは遠慮なしに、ビクターを抱き潰した。

その場から一歩たりとも動けずにいたラゼはぼうっとそれを見つめて、彼らの後ろにいる人影に気がつく。

「ラゼちゃん！」

「ラゼ！」

ずっと嘘をついて一緒にいた友が、いた――。

「なん、で………」

フォリアも、カーナも。もみくちゃにされているビクターの後ろから、こちらに向かって走ってくる。

彼女たちがビクターを連れて来てくれたのだと、すぐにわかった。

「……どう、して……」

ラゼの喉から出た声は震えていた。

彼女たちは何故、何も言わずに消えて、突き放した自分の名前を呼んでくれるのだろう？

視界が霞んで、前がよく見えない。

本当にこれは現実なのだろうか。

もしこれが夢ならば、自分も今すぐに駆け出して、フォリアとカーナの元へと行ける。

嘘をついていてごめん。

勝手にいなくなってごめん。

突き放してごめん。

無責任に、そう謝ることができる。

でも、これが夢でないというのなら、そんな資格が自分にあるのだろうか。

彼女たちは、許してくれないかもしれない。怒っているかもしれない。人を殺して生きてきた自分を、受け入れてくれないかもしれない。

ラゼ・グラノーリでいた自分を大切にしまっておきたかったから。

今まで積み上げてきたものが崩れていってしまうのが怖くて、ラゼはその場から動けなかった。

部下たちを避けて小走りで向かってくるふたりはもう、すぐそこまで来ている。

――何か、言わなくては。でも、何を？

ラゼには一気に色々な感情が押し寄せていた。

「ラゼちゃん……」

そんなラゼの元にたどり着いたフォリアとカーナの顔には、怒りの色なんてひとつも見えなくて。

「ッ……」

ふたりの泣きそうな顔を見たら、本当に何も言えなくなってしまった。

助からないと思った、自分にとっては家族同然の仲間を助けてくれた。

自分が軍人だと知っても、またこうして会いに来てくれた……。

もう、込み上げてくるものを我慢することができなくなる。

色んな感情がぐちゃぐちゃになって、瞳からは涙が溢《こぼ》れ落ちてきた。

彼女は顔を隠すように、帽子の鍔《つば》をつまんでグッとそれを深く落とす。

「……り、がと、う」

震える喉から出てきた、精一杯の言葉。

「――ありがとう」

息を吸って、次ははっきりと。

肩を丸めた小さな身体で、上擦りそうになる声を耐えて、ラゼはぼろぼろと大粒の雫を落としていた。

「…………っ」

――ラゼが泣いている。

フォリアとカーナが、彼女のそんなところを見るのはこれが初めてだった。

くぐもった声に感極まったふたりも、涙を流す。

「――っ!!　ラゼッ」

「ラゼちゃんのばかぁぁああ～～」

ふたりとも綺麗な顔をぐちゃぐちゃにして、泣きながらラゼを抱きしめた。

腕の中に収まってしまう彼女が、どんな苦労をしてきたのかと想像すると、涙は止まらない。

生きて帰ってきてくれたことが、本当に嬉しかった。

もしかしたら、もう会えなかったのかもしれないという不安も拍車をかける。

「なんで、何も言わないで、いなくなっちゃうの～ッ」

「本当に心配して。みんなで探して。そしたら、ラゼ・グラノーリは死んだって言われて。意味がわからなくて、もうッ」

ラゼは胸がいっぱいで、俯いたまま、何も言い返せずにただ二人の言葉を受け止めるしかない。

怒っているのがわかったが、軍人である自分をこんな風に抱きしめてくれるふたりは温かかった。

「でも、それでもっ。とにかく、『ラゼ』が生きててくれてよかったッ」

カーナが紡いだその言葉に、ラゼは帽子から手を離す。

抱きついていたふたりがそっと離れると、涙でぐちょぐちょになった顔のラゼと初めて目が合った。

ラゼは眉毛を八の字にして目を細め、震える口を開く。

「……幻滅、した、でしょう……？　ラゼ・グラノーリが、本当はこんなやつで」

不安で押しつぶされそうな心で、彼女はふたりに問う。

「するわけないよ」

「しないわ」

それを即座に否定されて。また、涙腺が刺激される。

「ラゼちゃんはラゼちゃんだよ。嫌いになんてならないし、なれない」

フォリアは強く告げた。

「ビクターさんに聞いたの。ラゼちゃん、軍に戻ってくるとわたしたちの話を楽しそうにするんだって……。わたしたちのことを大事な友人だと思って頑張ってくれてるって知って、早く会いたくてたまらなかった」

彼女はそう言って、ラゼを見つめる。

ふたりが、〝自分〟のためにここまで来てくれたという事実が、ラゼはどうしようもなく嬉しくて。

「私もっ。本当はこうやって、またみんなと会いたかったッ――」

今度は自分から、大きく手を広げてフォリアとカーナを抱きしめた――。

「……もう泣かないで、フォリア」

「ラゼちゃんのせいなんだからね⁉」

「うん。ごめん……」

なかなか泣き止んでくれないフォリアに、ラゼは謝ることしかできない。

「ふたりとも、そろそろ場所を変えましょう。――軍人のみなさん、彼女をしばらくお借りしても？」

「ハイ。私たちのことはお気になさらず」

カーナの問いかけに、クロスが代表して頭を下げた。

「ありがとう。――テリア伍長。無事でよかった」

「は、はい！」

「大尉、この後のことは……」

「分かっています。流石に城で問題を起こすような馬鹿はいませんよ。この後のパーティについては、もともと代表とは別行動ですし、任せておいてください」

申し訳なさそうなラゼの瞳に、彼は問題ないと笑ってみせる。クロスに合わせて、ビクターを囲んだ部下たちも相槌を打ってくれるので、ラゼは言葉に甘えることにした。

「……くれぐれも、羽目は外しすぎないように」

「「ハッ」」

綺麗にそろった返事を聞いてから、ラゼはフォリアとカーナに視線を戻す。

「この後のパーティにも出席することになっていまして……。あまり時間が取れないかもしれませんん」

「分かっているわ。とりあえず、わたくしの控え室に……」

「――客室を用意させたよ。カーナ」

「っ、ルベン様！」

どこに行こうかと悩んだカーナに助け舟を出したのは、ルベンだった。

前髪を後ろに撫で付けて、式典用のシックな礼服に身を包む彼にカーナは目を見開く。

「……皇国の星に挨拶申し上げます」

「軍服姿の君にその挨拶をされるのは、別人みたいで慣れないな」

ラゼがかしこまって挨拶をすると、ルベンは肩をすくめた。

「元気そうで何よりだよ。グラノーリ嬢」

「その節は、お騒がせしてしまい申し訳ございません」

素直に謝罪を口にすると、ルベンはやれやれと苦笑する。

「私よりも先に謝った方がいいやつが、あとで来るだろうから覚悟しておくように」

「えっ……？」

思ってもみない反応が返ってきて、ラゼは面食らった。

やはり、素性を隠していたことをよく思わない人がいたということなのだろうか。

フォリアとカーナが受け止めてくれて、ルベンも決して怒ることはなく「グラノーリ」と親しみを込めて名を呼んでくれたから油断していたかもしれない。

彼女の頭の中には、バトルフェスタの時に実力を隠して力を振るわないことをよく思っていないと言ったルカの顔が浮かんだ。彼には包み隠さず「嫌いだ」と言われているし、ラゼ・グラノーリの死を伝えてもらう役目を押し付けてしまったので怒っていてもおかしくない。

「……確かに、ルカ様には色々と迷惑を……」

ラゼが渋い顔で呟けば、見守っていた三人は揃って「駄目だ、これは」という目に変わる。

「立ち話はこれくらいにしよう。——こっちだ」

一度話を切ったルベンは、城の案内に切り替えた。

祝勝会は夜開かれるため、それまで時間は五時間ほど空く。

基本的には授与式と同じ服装のままパーティに参加するらしいが、お洒落に気を遣うご貴族様やパーティ用のドレスを持参する女性陣は着替えがあるので意外と時間は短いそうだ。

ちなみにドレスアップする人たちは、一度城の外の高級ホテルにてお色直しをするのだとゼルヒデが言っていた。

ラゼはカーナとフォリアの服装を見る。

彼女たちはこの後のパーティに参加するのか、ラゼは知らなかった。

「……あの、パーティの準備は大丈夫ですか……？」

「平気よ。わたくしは城の控え室で準備させてもらえることになってるし、フォリアさんはモルディール卿がホテルで待ってるって伝言よ」

「そうなんですね。よかった……」

まさか、ビクターをここに連れてくるためにふたりがパーティに出られないなんてことになっては、本当に顔向けできなくなる。ラゼは安堵した。

「……私とテリア伍長のために、色々とありがとうございます……」

「ビクターさんが目を覚ましたから、すぐにでもラゼちゃんのところに連れて行かなきゃって思って。ふたりで街を走ってたら、カーナ様の馬車が偶然通りかかってくれたんだよ」

「本当に驚いたわ。入院服を着た男性に、転びそうになりながら引っ張られてるフォリアさんを見た時には……」

「――う、うちの部下がすみません……!!」

病み上がりだというのに、フォリアが転びそうになるくらいに勢いよく走った阿呆《あほう》がいた。戻ったら、ビクターにはひと言言わねばならない。

ラゼの心のノートにメモ書きが走った。

硬い表情が抜けて「うちの脳筋が、ご迷惑を……」と語る彼女に、カーナやフォリアも肩の力が抜けていく。

「そういうラゼは、軍服でパーティに出るの？」

「いいえ。私も着替えますよ。ザース夫人……アディス様のお母様が気を遣ってくださって。三時に手配していただいた美容院へ転移する予定です」

「まあ、バネッサ様が？」

「はい。私はウェルライン閣下の直属の軍人ということもあって、昔からお世話になっていて」

「「……………」」

カーナとルベンはどちらからともなく顔を見合わせた。

この事実を、あの青髪の同期は知っているのだろうか。

「そうなのね。きっと素敵なお店でドレスが用意されてるに違いないわ。直接美容院から城に来れるなんて、こういう時に移動魔法は便利ね」

「時間の短縮ができますからね」

カーナの言葉に、ラゼはこくりと頷いた。

そうこうしているうちに客室についたようだ。

この国の皇子の案内を受けて、彼女たちは客室に入る。

「カーナとクレシアス嬢は、もう昼食は済ませたかい？」

「いえ、わたくしはまだ」

「わたしもです」

「なら、軽食を持って来させよう。狼牙殿はもちろんまだ食べていないはずだから、少しの間だけれど三人でゆっくりするといい」

ルベンはそう言うと部屋を去ってしまう。

もちろん、パーティの準備で忙しいこともあるだろうが、気を遣わせたのだ。

革のソファや、見るからに値が張りそうな調度品に囲まれて、ラゼはカーナとフォリアが席に座ったのをみてから椅子の横で帽子を外す。

ひとつ呼吸を置いたあと、不思議そうにこちらを見上げるふたりを見て。

「――改めまして。私の名前はラゼ・シェス・オーファンといいます。今年で十七で、本当の誕生日は冬。十年ほど前に故郷のフォーラスが壊滅し、その後ご縁に恵まれて皇国軍に所属することになりました。昇級にあたり皇都軍大学を卒業し、名誉貴族の位と『狼牙』の称号をいただき、今は中佐をやっています」

今まで黙っていたことを、一気に並べる。

自分に同い年の友だちなんて、本当の意味ではできるわけがないと、ずっと思っていた。

それでも、もし許されるのなら――。

また、もう一度、今度は「ラゼ・シェス・オーファン」として、彼女たちと繋がっていたい。

「――どうか、私と友だちになってくださいませんか」

ラゼは鳶色の眼で真っ直ぐに、ふたりを見つめる。

フォリアとカーナは揃って顔を見合わせると、おかしそうにフッと笑って。

「何言ってるの。ラゼ」

席を立ったカーナは呆れた顔で、ラゼの前に立ち。

「本当に、ラゼちゃんって自分のことになると鈍いんだから」

フォリアはぷくりと頬を膨らませて。

「もうずっと前から友だちだよ。ラゼちゃん」
「今更やり直す必要なんてないでしょう？」
ふたりは分からず屋を窘《たしな》めるように、はっきりと告げた。
（……ああ、もう。本当に……）
こんなに幸せでいいのだろうか。
父も、母も、弟も亡くして。
軍人としてひたすらに、自分から全てを奪っていった化け物や帝国と戦ってきた。
普通の道を外れた自分にはもう働くこと以外、何もできないと思っていたのに。
――彼女たちが笑って側にいてくれるなら、まだ頑張れるかもしれない。
（…………軍人を辞めるのは、もう少し先かなぁ）
ラゼは胸元に当てていた軍帽を握って、ふたりの親友に笑った。

◆

「――それで？　さっきまで、特待生はここにいたってこと？」

アディス・ラグ・ザースが城に着いたのは、ラゼが転移した直後だった。

クロードから知らせをもらったアディスは予定を早めて、実家から急いで城に駆けつけたというのに、肝心の会いたかった人だけがもうそこにはいなかった。

「少し遅かったわね……」

「ラゼちゃんもパーティの準備があるから、もう行っちゃったんです」

カーナとフォリアは、アディスの顔色を窺う。

「……また後で会えるか。――彼女は元気そうだった？」

わずかに浮かべた不満そうな表情は消えて、いつもの飄々とした眼差しが戻ってくる。

爽やかな笑みと青い布地に金の刺繍が施された燕尾服の盛装が相まって、どこぞの王子のような振る舞いだ。

実際、彼は隣国の王家の血を引いているので、王子というのは間違いでもないのだが。

「ええ。変わりなく元気だったわ。ラゼはラゼのままよ」

「はい！　軍服姿、すごくカッコよかったですよ」

「――そう。それはよかった」

アディスは目の前の彼女たちの元気な姿を見て安心していた。

ふたりがこれだけ明るく笑っているのなら、あの特待生も大丈夫なのだろう。

「……そろそろ、わたくしたちも準備に行くのだけれど……」

「アディス様はどうされるんですか？」

パーティまでどう時間を潰すのか問われて、アディスは思考を巡らせる。

一度実家に戻るだけの時間はあるが、往復するのも面倒だ。城で待たせてもらうのが一番だろう。

「………待って」

そこまで考えて、アディスは気がついた。

「もしかして、特待生もドレスで？」

「ええ。そう言ってたわ」

「アディス様のお母様がデザインを選んでくれたって言ってましたよ！」

「!?」

彼はギョッと目を見開く。

「――やけに、最近楽しそうにしてると！」

自分の母親が裏で手を回していることが確定し、アディスの整った顔が崩れる。

青の貴公子なんて呼び名を持つ彼が取り乱すのは、彼女に関することばかりだ。

いつも来るもの拒まずで余裕のある紳士な対応をしているアディスと、今の取り繕わないアディスの両面を知っている女子ふたりは密かに笑みを交わす。

「エスコート。まだ誰がパートナーになってくれるか知らないって言ってましたよ。ラゼちゃん」

「三時半から大通りの美容院で着付けしてもらうらしいわ」

女子ふたりの息の合った補足に、アディスは片手を腰に置いて溜息を吐いた。片耳につけたピアスが一緒に揺れる。

「――アディス」

そしてそこに時を見計らったように現れるのは、ルベンの側近クロードで。

きちんとノックした後に部屋に通された彼は、一通の手紙をアディスに渡す。

この城には伝達用の魔道具が置いてある。そこに連絡が入ったらしく、無機質に揃った文字が紙に並んでいた。

曰く——覚悟があるなら迎えに行け、と。

誰からの連絡かなんて、聞かなくても分かる。

アディスは紙をくしゃりと握りしめた。

「ハァ——。ちょっと、行ってくるよ」

「ええ。場所は分かりますか？」

「大丈夫。母さんが手配したなら予想はつく」

クロードに答えて、アディスはこの後の予定を頭の中で組み立てながらカーナとフォリアを振り返る。

「それじゃあ、また後で」

「はい！」

「せっかくの盛装が崩れないように気をつけて」

ひと足先に彼女との再会を終えた女子ふたりに見送られ、アディスは部屋を出た。

もちろん、次に向かうのは、あの鳶色の瞳をした特待生の元へ、だ。

◆

「さぁ。できたわよ！　完璧ね!!」

「あ、ありがとう、ございます……」

鏡に映っている仕上がりバッチリの自身の姿に、ラゼは自分の目を疑った。

これなら、田舎娘だと笑われずに済むだろう。美容師のお姉さんの腕に感謝しなくては。

短い髪を青い花と一緒に編み込んで綺麗にまとめて、メイクはアイシャドウに金色のパウダーが乗っていてとても上品だ。

そして何より、バネッサが仕立て屋のテナと一緒に考えてくれたマーメイドドレス。

この国を象徴する青に染められて、夜空に浮かぶ星を模した金色の飾り付けが天の川のようだ。

身長が低い自分でも、スリットのデザインが秀逸で綺麗に着ることができる。

「さあ、さあ。パートナーの方も首を長くしてお待ちですから、是非素敵な姿を見せてあげてくださ い」

「……えっ」

どうやら着付けをしている間に、エスコートしてくれる人が来てくれたらしい。

待たせていると知って、ラゼは慌てて準備を終えて控え室に顔を出しに行った。

そして――。

「………アディス様？」

「――っ。グラノーリ……？」

対面したのは、死神閣下のご子息だった。

座って待っていた彼は、ラゼの気配に気がついて立ち上がったかと思えば、呆然と立ち尽くす。

「……お久しぶりです。グラノーリは偽名で、本名はラゼ・シェス・オーファンと申します。学園ではお世話になりました」

彼がなんと言われてここに来たのか知らないラゼは、恐る恐る、ラゼ・シェス・オーファンとしてアディスに言葉をかけた。

自分の上司の息子だ。もしかすると、誰も相手が見つからなくて、無理をさせたのかもしれない。

不安そうに下からアディスを見上げれば、彼は一歩後ずさって。

避けられたと思ったラゼには一瞬、冷たいものが背を走る。

「……閣下のご命令でしょうか？　ご無理をさせてしまったのでは……？　申し訳ありません」

「違う」

「――？」

沈黙が怖くなって言葉を並べれば、アディスにそれを遮られる。

訳が分からない彼女は困惑した顔で、首を傾げるしかなかった。

「ここには俺の意志で来た。……ただ、そんなことより」

アディスは眉間に皺を寄せてぐっと、拳を握る。

「君が、無事でよかった。もう、二度と、会えないかと……」

今にも泣き出しそうな振り絞った声だった。

本気で心配させていたのだ。彼の滅多に見せない表情がラゼの胸を締め付ける。

ラゼ・グラノーリが死んだと知れば、彼を、彼女たちを悲しませるとはわかっていた。

しかし、それでも、本当にもう会えなくなるかもしれないと覚悟をしていたから、ラゼはあの選択をした。

自分が帝国との戦いを生き抜いたのだと、今になって実感してくる。滞った血が、全身に巡るようだ。

「……………私も、もう二度と会えないかもしれないと思っていたんです……」

ぽつり、と。

ラゼの弱気な小さな声がするから、アディスは弾かれたように床に向いた視線を上げた。

「また、お会いできてよかった」

そう言って、彼女が儚い微笑を向けるから。

アディスは泣いてやるものかと、歯を食いしばった。

ラゼに会ったら、必ず渡そうと思っていたものを思い出して、無言で懐を探る。

手に当たった冷たい銀細工を取り出すと、押し付けるように、それをラゼに渡した。

ラゼの手に置かれるのは、学園ではいつもつけていた髪飾りだ。

「……あ」

「これを見せられた時のフォリア嬢とカーナ嬢、まるでこの世の終わりみたいな顔をしたんだ。本気で、君が死んだんだと思って」

「…………」

「みんな必死になって、君と連絡を取ろうとした。ルベンもクロードもルカも。あのイアンだって、しばらく槍を振るわなかった」

アディスが語るのを、ラゼは黙って受け止めた。

「仕事だったたってことは分かってる。きっと、君も色々と考えたうえでそうしたってことも。――でも」

彼の銀色の目には、自分の姿が映っている。

全てを読み取ってしまいそうな、鏡のような瞳だ。

「それでも俺は、君が死んだなんて話だけは聞きたくなかった」

――そこまで言われて、やっと気が付いた。

彼は怒っているのだ。本気で心配したのと同じだけ。

先ほどルベンに謝るべき人がいると言われたことが再生される。

フォリアやカーナにも叱られたが、アディスはそれよりもっと真剣だ。逃げることは許されない圧がある。

普段なら死神閣下の息子を怒らせてしまったと、心の中で大慌てするところだが、そんな余裕すらなかった。

「…………すみま、せん。本当に心配をおかけしました」

ラゼは乾いた口を開き、謝罪を述べ、頭を垂れる。

「……謝らなくていいよ。これは俺の我儘《わがまま》だ」

アディスは小さく首を横に振った。

「もっと強くなる。君に嘘を吐かせなくてもいいように」

今でも十分優秀なのに、これ以上何を望むというのだろう。

固く意志を結んだアディスに、ラゼはそう思う。

「——さてと。そろそろ時間だね。馬車を付けてあるから一緒に行こう」

「……はい」

重くなった空気を一掃してアディスは明るく言った。

置いていかれないように、ラゼも切り替える。

渡された髪飾りは魔法でしまうと、アディスがこちらに手を差し出す。

「お手をどうぞ?」

「あ、ありがとうございます……」

ゼルヒデと練習してきたが、妙に緊張する。

乗せたアディスの大きな手は、優しく自分の手を握った。

「そのドレス、君によく似合ってる。綺麗だ」

「う、え」

自分の口から情けない声が出てしまったと気がついても、後の祭りだ。

ラゼから鳴ったとは思えない音に、アディスがきょとんと目を丸くして目の前の彼女を見つめる。

そして、ラゼの耳がほんのり赤く染まっているのを見て、アディスは瞬きを繰り返した。

「……もしかして、照れてる？」

「……こういうことにはあまり慣れてなくて……」

ギルベルトに貴族流の挨拶で手に口付けを落とされた時、居合わせた理事長のハーレンスに笑われたことが思い出される。

「前にも慣れておいたほうがいいのではって言われたことがあったんですが、完全に経験不足です……」

「………誰に言われたの？」

「騎士団の副団長さんに。ご丁寧に貴族式の挨拶をしてもらったんですが、驚いてしまって」

苦笑して失敗談を語れば、アディスは「へぇ」とつまらなそうに返事を返す。

「貴族式の挨拶ね……」

かと思えば、彼は握ったラゼの手を持ち上げて。

「――今夜の宴に貴女の手を取る機会に恵まれたこと、感謝します。狼牙殿」

手袋の上にキスを落とすと、彼はさらりと世辞を述べて天上の笑みを浮かべた。

顔がいい男がやると、ここまでの威力があるとは――。

至近距離で効果を浴びたラゼは、動けなかった。

「……おーい。特待生？」

硬直した彼女に、アディスは離した手を軽く顔の前で振る。

「し、心臓に悪いので、急にはやめてくださいよ……！」

思わず学生のときと同じような口ぶりで、彼を責めてみれば。

「――――ははっ」

ラゼが放った台詞《せりふ》に、彼は笑った。

それはもう、何の憂いもない爽やかな笑みで。

「……な、なんでそこで笑うんですか……」

どこがツボになったのか全くわからないが、アディスはおかしそうにくつくつ笑い続けている。

ラゼは毒気を抜かれて、呆れた顔で彼に言う。

「いや、ごめん。君は君のままなんだなぁと思ったら安心して」

「……安心？」

何のことだと首を傾げれば、アディスは困ったように眉尻を下げた。

「学生の時とはまるで別人みたいだったから。……もう、前にみたいに話してくれないのかと思った」

「………一応、ただの一般学生として入学していたので。あれが通常運転です」

「じゃあ、今は？」

「……閣下の息子さんに、以前と同じように接していいものか、少しだけ戸惑っているというのが本音です」

正直に今の心境を語れば、

「いいに決まってる。君と俺は……ただのクラスメイトだろ?」

アディスは少しだけ言葉を選んでから、そう言った。

彼の言うことはもっともで、本来、彼自身との関係に父親のことは関係ないはずなんだよなぁとラゼは思う。

「そうですね。一緒に学園祭を回った仲ですもんね」

「――うん。そうやって笑ってくれる方がいい」

他人行儀に畏まられるより、苦笑してくれるくらいがいい。

アディスに指摘されて、ラゼは肩の力を抜いた。

「どうか、私が下手を打ってもお父上に告げ口しないでくださいね?」

「大丈夫。心配しなくても、あの人とは私生活について語り合うほど顔を合わせないし、そんなに仲良くない」

「……お忙しい方ですからね」

男同士の親子の会話となると、それくらいの距離感が普通なのかもしれない。

ラゼはウェルラインの顔を思い浮かべる。

――そういえば、目の前の彼はあの死神宰相に掴み掛かったのではなかったか?

「でも……会えるうちに色々と話しておいたほうがいいですよ。間違いなく、閣下はアディス様と夫人を大切にされてますから」

日頃お世話になっているザース家には、できれば家族円満でいてほしい。

余計なお世話かもしれないが、心からの言葉だった。

「……善処するよ」

「はい」

「――それより、さ。今日、これからこんな挨拶なんて何回もやることになると思うけど大丈夫そう？」

アディスはすぐに話題を変えてしまったが、ラゼにはその返事だけで満足だった。

「大丈夫です。令嬢に偽装する諜報任務だと思えば、それなりに振る舞えます。今はまだ演技をしていないので、こうなってるだけです」

「なるほどね……」

ラゼの置かれている状況を把握したアディスは、じっと彼女を見つめ直す。

認めたくはないが、己の母親のセンスは抜群だ。全てのデザインが、ラゼの良さを引き立てている。

この容姿で、成人したてでありながら「狼牙」の称号を持つ軍人なのだと知られれば、未婚の貴族は彼女を放っておかないだろう。

それなのに、当の本人は社交界に慣れていないときた。――絶対に、ひとりにはできない。

父親の手の上で転がされている気がしてならないのだが、背に腹はかえられない。ラゼのエスコートを許されたのなら、この立場を生かさない手はなかった。

「なるべく俺の側を離れないで。できる限りサポートするから」

「ありがとうございます。正直、ものすごく不安で昨日は久々に夜寝付けなかったんです……。パートナーがアディス様でよかった」

「………そっか……」

ラゼが知っている貴族なんて、偉い人ばかりで頼りづらい。フォローさせる申し訳なさで胃に穴が開くことを覚悟していたので、同じ目線で話してくれるアディスがいてくれるのは助かった。

「今夜はよろしくお願いします。青の貴公子さま」

「……それ、褒めてる？」

「もちろん。今日もすごくカッコいいですよ。女性陣に囲まれて、私をひとりにしないでくださいね」

「………分かってる」

ふたりは同じ青を身にまとい、日の沈み始めた都をゆっくり馬車で通り抜けた。

◆

祝勝会は皇上ガイアスの言葉を皮切りに、盛大に祝われた。

城の大広間だけでなく、庭園まで使って開かれた宴には今回活躍した軍人たちに加えて、国中の貴族や優秀な資産家たちが参加する。

「――見ろ。彼女が『狼牙』だ」

彼らの視線をガイアスや他の有名貴族よりも集めているのは、青いドレスを着たひとりの少女。

「本当に彼女が？　まだ、若い娘じゃないか」

「信じられないわ。あの歳で『狼牙』として認められるなんて、本当に優秀なんでしょうね」

「………わたしは未だに信じられん……」

授与式の時点で、彼女が狼牙だと知った者たちは、その変貌ぶりに同一人物なのかと怪しむ事態になっていた。

それでも、彼女が「狼牙」なのだと言われると、不思議と納得できる節があるから不思議だ。

あれだけ若かったからこそ、今まで表に出てこなかったのだとすれば納得がいくからだ。

――それに。

「生きててよかったぁ、グラノーリ!!」

「もう二度と僕にあんな役をさせないでよね。本当に」

「次は偽装工作されても見破れるだけの情報収集ができるように鍛えておきますね。ラゼさん」

招かれて当然の有名貴族の子息たちに加え、

「あっ！　やっと見つけたわ！　ノーマンこっち！　もう、フォリアさんから手紙が来た時は本当に驚いたのよ！　アリサもすごく心配してたわ。もっと先輩を頼りなさい！」

「……マリー。少し落ち着いて。どこに行くのかと思った。僕のパートナーとして参加してること忘れないでくれよ……」

「やぁ。元気そうだね。また今度うちに新作が入荷されるんだ。是非、今後もミュンヘン商会を贔屓《ひいき》にしてね」

皇弟の息子とそのパートナーに、今最も勢いのある商家の息子。

「――ラゼ・グラノーリ！　担任の教師にくらい、ひと言言ってから学園を出ろ！　急に聞かされたこっちの身にもなれ！」

「本当にな。おかげで、おまえに任せようと思ってた実験が山になってるんだぞ」

「まあ、先生方。どうかそこまでに。理事長のわたしにも責任はあります。――もし希望するなら、いつでも学園に帰ってきてください。オーファンくん」

今はセントリオール皇立魔法学園で教師を務めているが、実は過去に騎士団に所属していたエリートや、植物学の権威に、理事長を務める皇弟。

彼女を囲んで親しみのこもった言葉をかける面々を見れば、あの少女が様々な権力者から慕われていることはすぐに分かる。

入れ替わり立ち替わりで、次々に彼女の元に人は集まってくる。

「なぁ、あれってもしかしてゼーゼマン閣下じゃ？」

「その奥にいらっしゃるのは、フェデリック教授よ」

「おいおい。死神の玩具屋までべったりじゃないか！」

「……嘘だろ。ギルベルト・エン・ハインとまで知り合いなのか？」

「ああっ。モルディール卿まで挨拶に⁉　彼がパーティに参加すること自体珍しいけれど、自分から挨拶に行ってるところなんて初めて見るわ！」

彼女と見知った雰囲気で会話をするメンバーをチェックする周囲の参加者には驚きが絶えない。

彼女が本当に狼牙なのだという証明には、それで十分だった。

「あれだけ若いなら、結婚はまだよね？」

「婚約者はいるのか……？」

「今日、彼女をエスコートしているのは誰だった⁉」

ラゼが本物の狼牙だと認知されれば、次に上がる話題は彼女の結婚相手となるのが社交場だ。

大広間で話を弾ませるラゼの隣にいるのは、誰だったか――？

「――宰相閣下のご令息じゃないか！」

「もしかして、そういうことなの……？」

「いや、だが、彼はまだ婚約はしていなかったはずだ」

アディスは片時もラゼの隣から動かない。

彼女に寄ってくる者たちを見定めているかのようで、さりげなく会話の主導権を握って、場をうまくコントロールしている。

「喉渇かない？　何かもらおうか」

「ありがとうございます」

ちゃんと彼女への気配りも忘れておらず、青の貴公子というふたつ名に違《たが》わない紳士っぷりである。

ウェイターが近くを通るタイミングを見計らって会話を切り上げ、彼女と離れることなくサポートをしていた。

「お会いできて光栄です、狼牙殿。此度の戦でも追いきれないほどのご活躍だったとか。御噂はかねがね聞いておりましたから、まさかこんなにお若い方だとは思ってもみませんでした。是非うちの愚息にも見習ってもらいたいものです」

「過分なお言葉、ありがとうございます」

またひとり、彼女に挨拶に出たのは男爵家の男だ。

ラゼが相槌を打つ間もなく、形式的に名乗り会った後に少し早口で告げられる言葉には所々含みを感じさせる。

「わたしの領地は何もないところですが、ワインだけは他に引けを取らない出来栄えなんですよ。今日このパーティでもお出しいただいております。お口に合いましたかな？」

「はい。先ほどいただきました。口当たりがまろやかでとても美味しかったです」

「それはよかった。今、新作のワインを開発中でして、完成しましたら狼牙殿にお送りさせていただきますね」

「それは嬉しいです。私の部下たちが酒豪ばかりでして」

「……そうですか。是非、皆さんでお楽しみいただければと」

「ありがとうございます」

目元を緩ませてほんのり微笑む狼牙も、初めての社交場だというのに慣れた様子で会話をいなしていた。

「アディス様。ご機嫌よう。ご参加されていらっしゃったんですね。お会いできて嬉しいです」

「ああ、こんばんは。アナベル嬢。王宮の茶会でお会いした以来ですね」

「まあ！　覚えてくださっていたなんて光栄ですわ！」

ラゼが他の参加者と話している間、宰相の息子であるアディスにも華やかに彩った淑女が美を振舞う。

「今度は是非、わたくしの主催する茶会にいらしてくださいな」

「ええ。機会が合えば。——グラノーリ」

彼は丁寧に対応をしていたかと思えば、突然顔を背けて。

自分から離れていこうとする彼女の手首を握る。

「どこへ？」

「ちょっとお花を摘みに……」

「ここで待……いや。近くまで一緒に行く。——会話の途中にすみません、レディ。またお会いしましょう」

「え——あ、ちょっ……」

相手をしていた令嬢にあっさり別れを告げ、彼は軍人少女の隣を歩く。

「そこまでしてもらわなくても平気ですよ？」

「君は本当に平気なんだろうけど、俺は気になるんだ」

「はは。狼牙にそこまで気を遣ってくれるのは、アディス様くらいです」

「……パートナーに配慮するのは当然でしょ」

「紳士の鑑《かがみ》ですね」

そんな他愛もない会話は、彼らの関係を知らない者たちからすれば気心知れた仲にしか見えない。

「そ、そんな……アディス様が……」

「流石、閣下のご令息。守備が早い」

「……狼牙殿と交流を深めるのには、なかなか骨が折れそうだ」

彼らの間に割って入ることができないと察した者たちは、残念そうに肩を落とす始末だ。

「アディス様、ラゼにぴったりね」

「はい。色恋には鈍いと言われるわたしでも流石に気が付きますよ！」

「本人は、まだ特別大切な女友だちくらいにしか思ってないだろうけどな」

「わたしも同感です。彼はああ見えて、気心知れた友人は少ないですからね」

「まあ、お似合いなんじゃない？　グラノーリもかなり自分のことには鈍いし。ね、イアン？」

「ん？　グラノーリは鈍くないと思うぞ？」

彼らを見守っていた一団は、赤髪の少年の意見に視線を揃える。

「――確かに。ラゼさんは鈍くないかもしれません」

「分かってても、お仕事を優先しちゃうもんね……」

「これは一筋縄ではいかないかもしれないな」

つい先日まで自分たちに正体を隠していた彼女の振る舞いを振り返った彼らは、その意見に賛同し、青髪の少年にほんのわずかな同情を送った。

「大丈夫ですよ。今度はわたくしたちが、ラゼを見守る番だから」

それを見て心配ないと笑うのは、次期后妃だ。

「……それもそうだな」

「ルベンが言うと言葉の重みが違うね……」

「ハハッ！　これからどうなるか楽しみだな！　オレも役に立てるように強くなるぜ！」

「わ、わたしも！　みんなでラゼちゃんたちを見守ろう同盟を結成です！」

「いいわね、それ」

あともう少しで卒業式を迎え、ばらばらになることはわかっていた。

彼らはそれでも、また集まろうと誓いを交わす。

勿論、その時にはアディスとラゼも一緒に。


その日、狼牙の側を離れず、他の参加者に牽制《けんせい》するような眼差しを密かに向けるアディス・ラグ・ザースのことは、後日瞬く間に貴族たちの間に広まることとなる。

そしてもちろん、貴族社会と疎遠な狼牙は仕事に明け暮れる日々が続き、その噂を耳にすることはなかった――。

6 卒業式

まだ、厳しい冬の寒さが残る日だった。

終戦から約一年。まだ戦後の処理は終わっていなかったが、少しずつ以前までと同じような通常任務が増えて、私生活も落ち着きを取り戻して来た頃。

ラゼは、住み慣れた皇都で買った小さめの部屋で、身支度を整えていた。

きっちり軍の正装を着こなせているか、鏡の前で確認すると壁に掛けた時計を見る。

「そろそろ時間かな」

彼女はふぅと一息吐きながら、床に置いておいた紙に視線を落とした。

その紙に書かれているのは、大きな魔法陣。

セントリオール皇立魔法学園へと繋がるリンクだ。

「もうみんな卒業なのか。あっという間だな〜。本当に」

もうそんな時間が経ってしまったのかと、ラゼはしみじみ呟いた。

今日は、自分と同級生だったフォリアとカーナたちの卒業式。

ラゼはハーレンスに招待され、久しぶりに学校に顔を出すことになっていた。

フォリアたちが頑張って勉強している間、彼女も自分の仕事をこなしている。友人たちとは手紙のやり取りや長期休みに会っているが、会うためにラゼが学園の敷地を跨《また》ぐことはあまりない。

「大会とか学園で警備に当たれたらよかったけど、魔物化の一件で、バルーダにいる時間が長かったもんな」

これまでもハーレンスが結構気を遣ってくれていたのだが、スケジュールが上手く噛み合わなかった。

記憶を辿ってみれば、二回目の学園祭にこっそり行かせてもらったのが最後かもしれない。となると、学園に行くのは半年ぶりくらいになるのか。

時の流れとは、早いものである。

「…………さてと」

そうこうしていれば、ハーレンスとの約束の時間になりそうだ。

ラゼは魔法陣の上に立つ。

移動魔法の使い手である彼女でも、部外者に侵入されないよう厳重な結界が張られた学園に飛ぶことは難しい。あそこはシアン最高峰のセキュリティシステムが導入されている。

自分で確認したので断言できる。

みんな元気にやっていることだろう。

「いってきます」

親友たちの晴れ舞台を想ってか、ラゼの声色はとても優しかった。

◆

「久しいな。元気にしてたか？」

「ご無沙汰しております、ハーレンス様」

転移した先は、ハーレンスが魔法で指定した学園の客室だった。

さっそく待ち受けていた理事長殿と挨拶し、軽く話を交わした。

「私はそろそろ行かなくてはならないから、会場に着いたらこの席に座ってくれ。あと、式が終わった後は教室に顔を出すといい」

ハーレンスは式の前にわざわざ出迎えてくれたので、忙しそうだった。

彼にとって自分はまだ生徒なのかもしれないと思いながら、ラゼはハーレンスに指定された席を見て思う。

（まあ、舞台の上じゃなくてよかったかも）

大きなホールに並べられた椅子の、一番後ろ。生徒たちの背中が見える席。

式が始まる直前にこっそり座れば良いということだろう。

まだ、この学園にいた時につけたマーキングは会場にも残っている。

ラゼはハーレンスと別れて、ぎりぎりまで客室で時間を潰した。

そして生徒の移動が終わったタイミングを見計らい、彼女も会場に入る。

相変わらず広いホールだなぁと思いながら、静かに椅子に腰掛けた。

暖房の効いた暖かい会場で、卒業式が始まる。

ラゼはクラスメイトたちを目で探す。

（あ。あそこらへんか）

綺麗な紫色の髪を見つけて、彼女はそこに注目するとフォリアやルベンたちも見つける。

一番交流があった彼らの後ろ姿を、そっと見守った。

式は滞りなく進む。

卒業証書はルベンが生徒代表としてハーレンスから受け取り、他全員には魔法で個人の前に届けられた。

（カーナ様はこれから花嫁修業だし、フォリアは病院で働く治癒師を目指すって言ってたけど、他のメンバーはどんな進路になったんだろ）

ラゼは彼らが卒業した後のことを思い浮かべる。

たった三年の学園生活は、これからの人生を考えればすごく短い。金の卵たちのことだ。きっと色んな道で活躍していくのだろう。

門出はめでたいのだが、それがちょっぴり寂しいと思ってしまう。

卒業生代表の言葉は、カーナが演台に立った。

（あ……）

気のせいだろうか。

話を聞いていると、自信に満ち溢れた姿で語るカーナと目があった気がする。

舞台の上から見れば、目立たない後ろの席にいても自分のことは気がつくかもしれない。

もう今は視線が外れてしまったが、きっと彼女はこちらに気がついたのだ。

ラゼは目元を緩めた。

卒業式も締めくくりになり、ラゼは一足先に魔法で会場から退去する。

もう卒業なのか、と。

改めて感慨深いものが込み上げて来て、客室に戻った彼女はしんみりする。

途中で辞めてしまった自分ですらそう思うのだから、クラスメイトたちはもっと感じるところがあるだろう。

先生との話もあるだろうから、教室にはもう少し時間が経ってから行こう。

ラゼはゆったりソファーに座った。


そして、しばらくして外が騒がしくなって来た頃、ラゼはハーレンスからも言われた通り、教室を目指す。

どうやら今はもう、先輩後輩で別れを惜しむ時間になっているらしい。

「あちゃあ。もうみんなバラバラになっちゃったかな……」

ラゼは両手に大きな紙袋を持っている。

そこには小さいが、この大陸にはない花がたっぷり入っていた。ヒューガンを含めたA組全員分の花束だ。

宝石のような花弁を持った美しい花は、この日のために、バルーダで安全で綺麗な花を見つけて摘んできたのである。

萎《しお》れないように自宅で保管しており、ラゼはハーレンスから転移装置を拝借して、コピーした魔法陣にセットしておいたそれを取り寄せていた。

転移装置を仲介する慣れない移動魔法を使ったので、少し手間取ってしまった。

ラゼは急いで教室に向かう。

ラゼに気がついたクラスメイトの面子《メンツ》たちは、皆「カーナ様なら教室にいらっしゃいました」「フォリアさんは教室にいたぞ～」と気さくに教えてくれる。

自分が彼女たちと仲が良かったことが、周囲にまで認められていたのだと驚きながら、ラゼは花束を渡しながら教室にたどりつく。

一息ついてから、扉の向こうに一歩踏み出した。

「ラゼちゃん!!」

真っ先に気がついたフォリアが、ラゼの姿を視界に捉えた瞬間こちらに走って来た。

「ひさしぶり。卒業おめでとう！」

「ありがとう～！　来てくれて嬉しいっ！」

ラゼは花束を差し出す。

今日ここで直接彼女たちに会って、おめでとうを伝えることができてよかった。

いつものメンバーが、わらわらとラゼの周りに集まってくる。

「カーナ様、卒業生代表の言葉かっこよかったです。おめでとうございます！」

「ありがとう、ラゼ。今日会えてよかった。仕事は平気だったの？」

「はい。ばっちりやること終わらせて来ました」

ラゼはぐっと親指を立てる。

ひとりだけ生徒たちに浮いて、軍の正装をしているが、友人と話している姿は生徒だったラゼそのままである。

色々と会話をしながら、ルベンやクロード、それからイアンとルカ。教室にいたクラスメイトたちにも花を配った。

「あれ？　アディス様は？」

「さっきまで教室にいたと思うのだけれど……」

「いないな。どこに行ったんだろうな？」

何かとお世話になっていたアディスがいない。

彼にも直接、おめでとうと言いたかったのだが姿が見えなかった。

「後輩たちが押し寄せてたから、どこかに逃げたのかも」

ルカは少し呆れたように肩をすくめる。

「身ぐるみ全部、剥がされそうな勢いだったからな！」

ハハハッ、と。制服のボタンをはじめとする装飾、クラス章がなくなっているイアンが笑った。

どうやら、後輩たちに記念としてあげたみたいだ。

前世の記憶でも、学ランの第二ボタンを渡すというイベントを聞いたことがあったので、それと同じようなことなのだろう。

「相変わらず、すごい人気みたいですね。後で探してみます」

彼が逃げる先に心当たりがあったので、後で行ってみよう。

「ラゼ。今日は来てくれてありがとう。わたくしたちからも渡したいものがあるの」

話が切れると、今度はカーナがそう口を開いた。

「渡したいもの？」

「うん！　ちょっとここに立ってね」

自分に何を？

ラゼはきょとんとしながら、フォリアに言われた通り教室の前にある教卓の前に立たされる。

教卓の反対側には、カーナが立った。

彼女は何かを手に持つと、にこりと自分に笑いかけてくれる。

「ラゼ・グラノーリ、そしてラゼ・シェス・オーファン殿。あなたは入学以来、生徒たちを見守りながら真剣に学業に向き合い、たくさん、数えきれないほど素敵な思い出をわたしたちに与えてくれました。短い時間でしたがその時間はとても充実したものであり、最高の学園生活を修了したことを証します」

くるりと手に持ったそれの上下を入れ替えると、カーナが両手で差し出す。

そして露わになったのは、手作りの卒業証書。

「これ……」

ラゼは目を丸くして、カーナとフォリアを見た。

「受け取って！　ラゼちゃんが来るって聞いて、みんなで作ったの！」

太陽のような笑みで笑うフォリア。

カーナにもこくりと頷かれて、ラゼはゆっくりそれを両手で受け取る。

世界にひとつだけの、大事な人が自分のために作ってくれた卒業証書。

ものすごく嬉しくて。

ちょっと涙腺が緩むが、思いっきり口角を上げる。

「ありがとうッ！　一生、大事にする！！！」

ラゼは困ったように眉を垂らして、礼を言いながら、それを胸に抱きしめた。

本当に、良い友人を持ったものだ。

学園に送ってくれた死神閣下には感謝しなくてはならない。

ラゼは大好きな親友たちと会話に花を咲かせた。

◆

「戻って来ないね」

「うん。やっぱり、ちょっと探しに行ってくるよ。アディス様にはちゃんと挨拶しておきたいから」

少ししても、教室にアディスは戻って来なかった。

まだここで話していたい気持ちもあるが、カーナはルベンといたいだろうし、フォリアもモルディール卿に会いに行きたいだろう。

ラゼは残った花束を紙袋から取り出して、ひとりで校舎の外に出た。

廊下の窓から見えた花畑には、卒業生を送るための青い花が一面に咲いていて、生徒たちが集まっているのが見える。

しかし、彼女が足を向けたのは、それとは反対側にある裏山だった。

上へ上へと登って行くと、視界が開ける。

学園の端。幻術でカモフラージュされたその崖の目下には雄大な自然が広がっている。

そして、その景色を見据えている人がひとり。

左手には紫色のネクタイを握っていて、それが風になびく。

「やっぱり、ここにいた」

彼女の声に、深い海の色をした髪が揺れて、銀色の瞳がこちらを振り向く。

ブレザーも持っていかれたらしく、ワイシャツの胸元にあるボタンまで外れた姿のアディスがいた。

「え……」

彼は綺麗な目を見開くと、大きく瞬きを繰り返す。

どうしてここにいるんだ？　と、その表情が語っていた。

見ない内にまた身長が伸びているし、着崩しているのが図らずも色っぽく見える。舞台俳優にでもなるのだろうか。

そんな事を頭の端で考えながら、ラゼは彼の近くまで歩み寄る。

「卒業、おめでとうございます」

立ち止まると、手に持った花を彼に差し出した。

「……今日、来られたんだ……」

「はい」

まだ戸惑っているようで、ラゼはフォリアたちとは違うアディスの反応が少し気になる。

「あの？　どうぞ。受け取ってください」

「あ、ごめ。……ありがとう」

まだもらってくれない花束をアディスに促すと、彼はそっとそれを受け取ってくれた。

「すごい人気みたいですね」

ラゼは苦笑しながら、我に返ったアディスに話しかける。

彼は自分の姿に視線を落として、肩をすくめた。

「自分でもびっくりした。これ以上は困るから、ここで避難してた」

「人気者は大変ですね～」

「君に言われたくはないけどね」

アディスにじとっとした目を向けられるが、ラゼは首を振る。

「私に集まるのは、その、なんかアディス様とは違った感じですから」

授与式によって、狼牙として世間に知られることになったが、そこに集まる視線はアディスのそれとはまた違うものだ。平民から成り上がった若手の英雄を、どう自分の手中に置くかという下心があからさまなのた。

アディスを慕って集まってくる生徒たちとは話が違う。

そう言うと、アディスは怪訝な顔だ。

「それはそうかもしれないけど。君にだって、俺の知らない繋がりがたくさんあるでしょ」

「……それは確かに。でも、アディス様ならこれから私なんかより、もっとたくさんの人と仲良くなれそうですけどね」

軍にいる間は、付き合う人も限られる。

学園でこれなのだから、アディスはもっと注目されていくのではないだろうか。

生まれも、育ちもよく、この容姿でこの人柄だ。人気が出ない訳がない。

「そういえばまだ聞いてませんでしたが、進路は騎士団ですか？　また女性たちからの人気が上がりそうですね」

からかいの意味を込めて、ラゼはアディスを覗く。

「いや。違うよ。騎士団には入らない」

「えっ⁉」

すると、予想外の言葉が返ってくるから彼女は驚いた。

「ずっと騎士団を目指していたんじゃ？　大会の成績もすごくて、スカウトされてるってフォリアの手紙で聞いてたんですが、どうしたんですか⁉」

驚きのあまり前のめりで尋ねると、アディスがその勢いにさりげなく一歩後ずさる。

「………本当にやりたいことが見つかったから、騎士団じゃなくて文官を目指すことにしたんだ」

彼は少しの沈黙のあと、ラゼを真っ直ぐ見つめて言った。

一年生の時からずっと騎士になるために努力していたアディスを知っていたのだが、そこから進路を変えるきっかけが彼にはあったらしい。

アディスの目と声色が真剣だったので、ラゼは落ち着きを取り戻す。

「そうだったんですか。知らなかったので、びっくりしました……。でも、この学園生活でやりたい事に気がつけたなら、それはすごいことですね」

ちゃんと学園で学んだことを活かせるのはいいことだ。

騎士団に入らないのがダメだなんて、全く思わない。彼ならどこでも活躍できるだろう。

「アディス様は努力家だから、きっとどんな夢でも実現できますよ。私も応援してます」

カーナやフォリアは別として、きっとこれから彼と会う機会はぐんと減るだろう。

同じ時間を共有したアディスの今後を応援したい気持ちにもなる。

「……君がそう言うなら、頑張れる気がする」

アディスは一瞬だけきゅっと口を結んだ後、手に持った花を見てからそう応えた。

「俺、一度寮に戻って着替えてくるよ」

「はい。それがいいかと」

その姿で学園をうろつかれては、風紀が乱れる。

ラゼはこくこく首を縦に振って、彼が手に待っているネクタイの存在を思い出す。

「そのネクタイはあげなかったんですか？」

「えっ……」

「？」

ワイシャツのボタンまで外れているのに、ネクタイは残っているのかという純粋な疑問だった。

どうしてだかアディスが焦ったような顔をするので、ラゼは小首を傾げる。

「あ。今から誰かにあげるんですか？　ネクタイなら気分に合わせて使えるので、後輩も喜びそうですね」

「…………」

ひとりで納得していると、アディスは何かを言おうとして躊躇い、口を開いて閉じた。

彼は左手に持ったネクタイをじーっと見つめて、何かを決したように視線を上げる。

「あげる。捨ててもいいけど、誰にも譲らないで」

そしてアディスは、何故かそれをラゼの手に押しつけた。

「へ?」

全く訳がわからないので、ラゼの頭は疑問符だらけ。

(なんなんだ?)

ラゼはずっと彼が使っていたネクタイを見て、眉根を寄せた。

一応ゴミではないだろうし、誰にも譲るなとはどういうことだ?

裏には、きちんと彼の名前が刺繍されている。本人のものだ。捨ててもいいと言われても、ちょっと捨てにくいぞ。これは。

何か特別なネクタイなのかと、ラゼは簡単に状態を確認したが、綺麗に使われた彼のネクタイだということしか分からない。

「………?」

彼女はアディスを見返す。

彼もラゼが戸惑っているのがわかっているようで、どこか面白そうにこちらを見ている気がした。

「ここに残る?」

「いえ」

「じゃあ、途中まで一緒に行こう」

アディスはラゼがネクタイを受け取ったのを確認すると、普段通り余裕のある表情に戻って上機嫌だ。

「もう卒業したから、君のこと特待生って呼べないね」

山を下りながら、アディスは言う。

「あだ名みたいなものですから、別に特待生でも構わないですけどね」

もう大分耳に馴染んでいる呼ばれ方なので、反応できないことはない。

「学生のみんなからは親しみを込めてグラノーリのまま呼ばれていますし、ちゃんと私が呼ばれているならなんて呼ばれても問題ないですよ」

「へぇ……」

他愛もない話をしつつ、ふたりは木を避けて森を抜けた。

「この後は？」

「今日はそろそろ帰らないといけないので、理事長室に行きます」

「そっか。また今度だね」

ラゼは金色の懐中時計で時間を確認して、パチンとそれを閉じる。

本当はまだここにいたかったが、仕方ない。

「身体を大事にしてくださいね。お母様にもよろしくお伝えください」

「……わかった。そっちも気をつけて」

「はい」

アディスに別れを告げて、校舎に向かって歩き出そうとした時だった。

「――ラゼ」

名前を呼ばれて、その足を止めた。

彼に名前で呼ばれたのは、それが初めてだった。

彼が誰か女子生徒を名前だけで呼んでいるのも初めて聞いた。

慣れないせいか、心臓がひとつ大きく音を立てる。

ラゼはハッと後ろを振り返った。

アディスはまだ一歩もそこから動かずにこちらを向いていて。

「花、ありがとう。君のことだから、特別な花なんだろ？　今度お礼する」

胸の前に花束を大事そうに持った彼が、ゆるりと綻ぶ。何をしたって絵になる人だ。見惚《みと》れるくらいに。

「じゃあ、また」

アディスはそう言い残すと、寮に向かって歩いて行く。

もう会うこともないのかな、と少し寂しく思っていたのに、そんなことを言われるとは。

取り残されたラゼは、呆然とアディスの背中を見送る。

「――また、か……」

まだ鼓動がうるさく感じるのは、たぶん……きっと、気のせいだ。

「おねさん。死んじゃうよ……」

「これくらい平気だよ。魔法ってすごいんだから」

赤くてぬるりとした液体が、じわじわ服に広がっている。

彼女は今し方倒したばかりの、緑の髪の男と彼に助言をしていた少女の身体を触って石のついた装飾品を取り上げた後、彼の前で中腰になった。

「ありがとう。君のおかげで助かった」

「ぼくは、なんにも。それよりっ」

ぽんぽんと、汚れていない手で頭を撫でてくれるが、こちらに構っている場合ではないだろう。

「治癒師、さがさないとっ」

この国では、これだけの傷を治せる治癒魔法の使い手なんて、そう簡単に捕まえられない。治療を受けたければ多額のお金が必要だし、怪我をした理由によっては門前払いされる。

研究所に捕まる前、まだ人の多い街の路地裏で息を潜めて暮らしていた頃はそうだった。たとえ親のいない、生きている価値なんてほとんどない自分でも、それくらいのことは知っている。

国の監視下で管理されているはずの治癒師が、彼女を治してくれるだろうか。

「大丈夫だから、そんな顔しないで。——ダン」

どう見ても大丈夫なんかじゃなかった。

今すぐにでも治療をしなければ死んでしまう。

魔石を埋め込まれる時に切られた何倍も、彼女の傷は大きい。痛くないはずがない。泣き叫んだって、もがいたって、痛みと恐怖からは逃げられないはずなのに、どうしてこの人は笑っているのだろう。

彼女は片手を自分の傷に当てて、治癒の魔法をかけている。が、流れる血はまだ止まっていない。傷が深いのだ。

嗅ぎ慣れた血のにおいに、少年は自分の足や手の先の方から血の気がすぅと引いて冷たくなっていくのを感じた。

——やっと。やっと、こんな自分にも優しく接してくれる人を見つけたのに。

少年は目の前の彼女の傷を押さえようと、震える手を伸ばす。

「死なないで。死んじゃ、いやだ……」

どうすればいいのかなんて分からなかったが、生ぬるい血が流れすぎたら彼女もきっと冷たくなってしまう。

正面から、彼女の服をしがみつくように握れば「ダメだよ」とひと言告げられて。

「血に触らないほうがいい。……一応応急処置はしたから、そんなに心配しなくていいよ。すぐに腕のいい治癒師のところに行く」

「ならっ、はやく！　はやく行こうっ？」

「……うん。そうだね」

どこか悲しそうな目で、彼女は微笑んだ。


そして、次の瞬間――。

彼は見知らぬ天井の下、ベッドで寝ていた。

◆

この世界は冷たくて痛い。

物心ついた時には、他の人には当たり前のようにあるのに自分には家と呼べるものはなかった。

路地裏で、時には盗みをしながら食いつなぐ暮らしから、ある日突然人攫《ひとさら》いにあって。連れて行かれたのはどこかの研究所。

毎日毎日、得体の知れない薬を注射器で身体に打ち込まれ、その副作用に悶えて眠れない日々を過ごすことになった。

親のいない自分は養ってもらう分、こうして国のために身体を差し出さなければ価値などないと言い聞かされて。気が付けばこの生活が自分という人間にとっては当然のものだと、薬のにおいと一緒に身体に染み付いていた。

自分と同じように実験台にされた子どもたちは、ひとりまたひとりと消えて。

最初はなんとか抜け出す手はないかと考えていた思考も奪われ、いつ自分の番が回ってくるのだろうと怯えながら、死と隣り合わせの生活を受け入れるしかなかった。

そんな日常も年を重ねるに連れて、慣れてくる。

そして、ある日彼は思ったのだ。

自分が生きてる意味なんて、きっとないのだろうと。

代わりはいくらだっている。この命は特別でもなんでもなくて、ただボロ雑巾になるまで使って捨てられるだけのものだ。

――だから、研究所が何者かの襲撃で壊れて自由になったその日。抱いたのは、解放された喜びなどではなく、意味もなく生き延びてしまったことへの絶望だった。

まだ、こんなクソみたいな世界で生き続けないといけない。それでも、自分で命を絶つことはできない臆病者で。何の気力もなく砂の混じる風に流されて行き着いたのは、タバコと薬のにおいが混じった地下だった。

どこに行ったって、こうして人攫いにあう。みんな都合のいい、使い捨ての道具を探しているのだ。

次は一体、どんな目に遭うのだろうかと。

もう何をする気も起きずに、ただただ毎日息をしていれば。

『ああ、やっぱり傷物はお気に召しませんよね。今すぐ、内臓取り出すので、もう一度仕切り直しましょう』

とうとう、終わる時を迎えたらしく。

自分の死に場所を最後に見ておこうかと前を向いて——彼女と目があった。

地下競売の、一番奥。

柱の横に潜むようにこちらを窺う、ボロ布を被った人と目があった気がした。栄養不足のせいか、目が霞んでいて、本当はよく見えていなかったけれど、彼はその人影がこちらを見ていたように思えた。

その直後、世界が変わる音がした。

唐突に訪れた爆音に、会場は混乱に支配される。その中を、目があった気がしたその人影は、逃げ惑う人々に逆流して真っ直ぐこちらに向かってきて。

有無を言わさず、目の前に現れたその人は自分を担ぎ上げて会場を逃げ出した。

——ああ、また自分は誰かに攫われるのかと。

そう思ったのも一瞬で、自分を担いで走るその人が想像以上に小柄で、また若い女の人だと気が付いて驚いた。

『……ど、して……』

『舌噛むよ。黙ってな』

聞こえた声は、凛とした女性の声だった。

後ろからは大人の男たちが、こちらを捕らえようと追ってくる。魔法の発動に気が付いて自分を担ぐその人を呼んだが、攻撃をくらった彼女は倒れ込んでしまって。

自分のことを抱えて逃げようとしなければ、こんなことにはならなかったはずなのに、倒れた後も彼女は自分を守るように抱きしめてくれていて。

目の前で起こっていることが、今まで生きてきた人生の中でも経験したことのないことはかりだったから、彼は動けずにいた。

そうして、彼女と一緒にまた捕まるのかと目をつぶってみれば、男の呻き声が聞こえた後、身体がふわりと宙に浮く。

いつかと同じように、また知らない男に抱えられて、彼は知らない場所へと連れ出されていた。


今度、流れ着いた先は、見るからに力の強そうな男たちが集まる洞窟だった。案内をする女の人は盗賊団みたいな集まりだ、なんて言っていた。また普通とはかけ離れた場所に来てしまったと思う反面、ずっと自分の側にいてくれる彼女に安堵していた。今はこの人の言うことを聞いていればいい。と、そう思ったから。

地下水脈で身体を洗えと言われて、とろい奴だと打《ぶ》たれないように、うまく動かなくなった右脚を引きずりながらついていって。

先を歩く彼女にされるがまま、温められた水で身体を拭われた。

『……ど、うして』

『ん？』

何度も何度も冷たい水を汲んでは、魔法で温めて。

そんなことは自分でやらせればいいのに、彼女は当然のようにこんな汚れた自分のことを拭いてくれるから、今日二度目になる問いをしていた。

『どうして、たすけたの』

率直に、彼女が自分を養えるだけの力はないだろう。

彼女自身、たったひとりでこんな世界を生きていくのは大変そうなのに、どうしてあの場から助け出すような真似をしたのか不思議で仕方ない。

今のところは怖い目に遭わずに済んでいるが、あと少しでこの人も捕まってオークションに売り飛ばされていたかもしれないのだ。

火傷の跡に、うまく動かない脚。

生きていようが死んでいようが、誰も気にしない子どもなんて、あのまま使えるところだけ残して死ねばよかった。

そうすれば、やっと楽になれるはずだった。

『――死にたかった？』

彼女は長い前髪の間から、透き通った茶色の目でこちらを見ていて。

『ごめんね。……わたしも正直、よく分からないんだ。なんで君のこと助けようと思ったのか……』

真っ直ぐに向けられる言葉は、ひとつひとつ丁寧で。

『まあ、でもさ。死ぬのはいつでもできるから。今はまだ生きてていいんじゃないかな』

最後に困ったように眉尻を下げて、くしゃりと笑う彼女の笑みが、どうしてだか胸を締め付ける。

優しく温かい布で頬を拭われて、堪らなかった。

泣きたくなるくらい、苦しい。酷いことをされているわけじゃないのに、なぜ苦しいのか、彼には分からない。

『――っ、自分で、できる……！』

だから、慌てて彼女の握っていた布を奪い取って、崩れそうになる自分の顔をごしごし拭いた。


『ダン。髪の毛、少し切ろっか？』

『うん……』

オークション会場から連れ出してくれたあの日から、彼女はずっと優しく笑いかけてくれる。

自分だってお腹に真っ黒な傷があるくせに、こちらの火傷の跡を悲しそうに見ている彼女は不思議だ。

せっせと大人に交ざって手伝いをして、空いた時間は必ず一緒にいてくれる。「わたしじゃ、治せないけど」と口癖のようにそう言って、毎日毎日、右脚に治癒の魔法をかけてくれた。

その日も、ぼさぼさになった髪を整えてくれると。

彼女は初めて会った日から態度を変えることなく、ずっと自分の世話を焼いてくれていた。

鋭く銀にきらめくナイフに、過去のことを思い出して肩を震わせれば、「やっぱり、やめておこうか？」と優しい声で手を止めてしまうから、大丈夫だと言い張って。

誰かに刃物を向けられることに恐怖を感じるようになっていたことを、自分でも初めて知ったが、彼女なら大丈夫だと言い聞かせて終わるのを待った。

『よし。できたよ。誰かの髪を切るなんて久しぶりだったけど、ばっちり！』

『……切ったこと、あるの？』

『うん。…………君と同じくらいの弟がいたんだ』

——ああ、と。

それで理解した。どうして、彼女が自分を助けてくれたのか。

きっと、その弟と重なったから見捨てることができなかったのだ。

やっぱり、この世界は、何の理由もなく自分に優しくしてくれるわけじゃない。前から分かっていたことだ。

でも、それでも——。どんな理由だろうと、彼女が自分に優しくしてくれることが、ダンには嬉しかった。どうしようもなく。

迷惑にならないようにするから。どうか、自分のことを捨てないで……。

たまに、盗賊もどきの大人たちと何かを難しそうに話していることも。気が付けば、足跡が途絶えて姿がなくなっていることも。全部黙っているから。

少年は、目を覚ます。彼女のことを忘れさせられて。

「…………ど、して……」

ぼろぼろと涙が流れ落ちる理由を、彼は思い出せなかった。